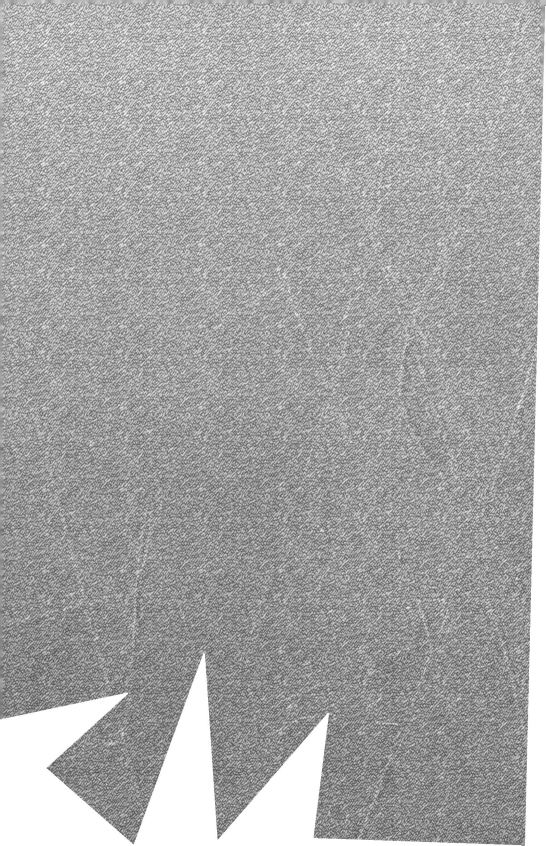

O MISTÉRIO DO
5 ESTRELAS
★ ★ ★ ★ ★

MARCOS REY

O MISTÉRIO DO 5 ESTRELAS
★★★★★

ILUSTRAÇÕES ALÊ ABREU

SÃO PAULO
2025

global

© Jefferson L. Alves e Richard A. Alves, 2022

20ª Edição, Editora Ática, 2003
24ª Edição, Global Editora, São Paulo 2025

Jefferson L. Alves – diretor editorial
Flávio Samuel – gerente de produção
Jiro Takahashi – elaboração do texto de biografia e do caderno iconográfico
Juliana Campoi – coordenadora editorial
Jefferson Campos – analista de produção
Alê Abreu – ilustrações
Enio Squeff – ilustração de guarda
Marina Itano – projeto gráfico e capa
Equipe Global Editora – produção editorial e gráfica

Dados Internacionais de Catalogação na Publicação (CIP)
(Câmara Brasileira do Livro, SP, Brasil)

Rey, Marcos, 1925-1999
  O mistério do 5 estrelas / Marcos Rey ; ilustrações Alê Abreu. –
24. ed. – São Paulo : Global Editora, 2025.

  "Edição comemorativa de 100 anos de Marcos Rey"
  ISBN 978-65-5612-741-5

  1. Literatura infantojuvenil I. Abreu, Alê. II. Título.

25-261589	CDD-028.5

Índices para catálogo sistemático:

1. Literatura infantojuvenil	028.5
2. Literatura juvenil	028.5

Cibele Maria Dias – Bibliotecária - CRB-8/9427

Obra atualizada conforme o
NOVO ACORDO ORTOGRÁFICO DA LÍNGUA PORTUGUESA

global
editora

Global Editora e Distribuidora Ltda.
Rua Pirapitingui, 111 – Liberdade
CEP 01508-020 – São Paulo – SP
Tel.: (11) 3277-7999
e-mail: global@globaleditora.com.br

g grupoeditorialglobal.com.br   **@** @globaleditora

blog.grupoeditorialglobal.com.br   **in /globaleditora

f /globaleditora   **♪** @globaleditora

▶ /globaleditora   **X** @globaleditora

Direitos reservados.
Colabore com a produção científica e cultural.
Proibida a reprodução total ou parcial desta
obra sem a autorização do editor.

Nº de Catálogo: **4799**

O MISTÉRIO DO 5 ESTRELAS
★★★★★

O 222

Leo apertou a campainha do 222, recebera um chamado. Logo se abria um palmo de porta mostrando a cara e o sorriso largo do Barão. Embrulhado num robe azulão, ele parecia ainda mais gordo, mole e displicente.

— Me traga os jornais de sempre — pediu o hóspede passando ao *bellboy* uma nota amassada.

— Esse dinheiro não vai dar, senhor.

— Tem razão. Um momento.

Quando abriu o guarda-roupa para apanhar a carteira, Leo viu pelo espelho interno do móvel que o Barão tinha companhia: um homem pequeno, com pinta de índio, vestindo roupas civilizadas, lavava concentradamente as mãos na pia do banheiro. Devia ser uma daquelas muitas pessoas que o Barão ajudava, pensou o rapaz.

O volumoso hóspede do 222 demorava para encontrar a carteira nos bolsos de seus paletós, enquanto o *bellboy* aspirava vários cheiros do apartamento: o de charutos já fumados e amanhecidos, um mais agradável de lavanda e ainda outro de maçã, sempre vendo pelo espelho o tal homenzinho a lavar as mãos e a enxugá-las em toalhas de papel que ia jogando numa cesta. Depois, com o súbito receio de ser visto pelo espelho do guarda-roupa, fechou a porta do banheiro com uma cotovelada.

Afinal o Barão reapareceu com mais dinheiro e um novo sorriso.

— O troco é seu, meu filho.

Leo disparou pelos corredores acarpetados do Emperor Park Hotel, esperou e apanhou o elevador e passou pela portaria. Novato ainda no emprego, provava com a velocidade das pernas seu interesse pelo trabalho. À entrada do edifício, em seu belo uniforme branco com debruns dourados, viu o Guima (Guimarães), o porteiro, antigo amigo de sua família, a quem devia o salário, aquelas gorjetas todas e a nova profissão.

Ao entrar pela primeira vez com o Guima, há dois meses, no imenso e rico saguão do Park, como o chamavam simplesmente os funcionários, Leo ficou deslumbrado. No seu mundo da Bela Vista, o bairro do Bexiga, onde nascera e morava, jamais pisara num ambiente tão bonito, moderno e fofo. "Isso que é um cinco estrelas", explicou o porteiro com orgulho de proprietário. "Mas o que é um cinco estrelas?" Guima olhou-o como se sua ignorância lhe fizesse pena e disse que a qualidade dos hotéis é medida pela quantidade de estrelas que ostenta. Cinco é o máximo, só para estabelecimentos de nível internacional.

Era uma sexta-feira; na segunda, já fardado e registrado, Leo começava a trabalhar no Emperor Park Hotel como *bellboy*, mensageiro, das 8 às 18 horas, quando voltava para casa, jantava às pressas e corria para a escola noturna. O horário era puxado e o serviço de cansar as pernas, mas as gratificações compensavam. Recebia gorjetas inclusive em dinheiro estrangeiro. Logo conheceu a cor do dólar, da libra, do peso, do franco, da peseta, que trocava por cruzeiros lá mesmo na casa de câmbio do Park.

Leo precisou de um mês para percorrer os vinte e tantos andares do hotel, sem contar os subterrâneos destinados às garagens, lavanderia, depósito de gêneros alimentícios, adega, almoxarifados, um labirinto frio e deserto em muitas horas do dia.

Não era, porém, no proletário subsolo que o rapaz da Bela Vista encontrava satisfações e interesses. Gostava de vagar pelo saguão, sempre cheio de hóspedes que chegavam ou partiam, numa confusão de malas, rótulos e idiomas, de espiar a piscina, no quarto andar, com suas águas muito cloradas, dum verde para ricos, o restaurante, com seus odores caprichados, a luxuosa boate, o imponente salão de convenções, o *tropical garden,* pequena floresta onde serviam gelados e sanduíches, a sauna, que vendia calor e fumaça, a quadra de *shopping,* com suas lojas sofisticadas, e no alto, lá em cima, o belo bar-terraço, coisa de cinema, com pista de dança, solário e um mirante envidraçado para se ver São Paulo inteira, à luz do sol, elétrica ou de vela em jantares ou ocasiões especiais.

A maioria dos hóspedes do Park também parecia ter cinco estrelas estampadas na testa: gente importante, preocupada com telefonemas internacionais, políticos, desportistas e artistas famosos que recebiam jornalistas ou deles fugiam, evitando fotos e entrevistas. Logo na primeira quinzena de Park, Leo esteve a dois metros de distância de Vera Stuart, atriz do cinema norte-americano, carregou as malas dum automobilista francês de Fórmula 1, e levou uma garrafa de mineral ao apartamento de um dos reis do petróleo do Oriente Médio, vestido em trajes típicos.

Havia, ainda, hóspedes que moravam no hotel: dona Balbina, viúva rica e solitária, Mister O'Hara, que, embora muito idoso e doente dirigia uma grande empresa quase sem sair do apartamento, o anão Jujuba, ídolo infantil da televisão, e o Barão. Certamente Barão era apenas o apelido do homem gordo que mandou Leo comprar jornais, conhecido benemérito, protetor de inúmeras instituições assistenciais.

Leo voltou com os jornais e tocou a campainha do 222. Desta vez o hóspede não abriu de imediato a porta. Antes que o fizesse, o *bellboy* ouviu ruídos.

— Quem é? — perguntou o Barão, o que nunca fazia.

— Sou eu, o *bellboy*. Trouxe os jornais.

A porta abriu pouco e lentamente, o suficiente apenas para mostrar o rosto do hóspede. O Barão muito pálido, como um doente, teimava em sorrir, mas não devia estar bem porque suas mãos, trêmulas, deixaram cair os jornais. Leo abaixou-se para apanhá-los quando viu, sob a cama, dois pés calçados, apontando para a porta. Pegou os jornais e, ao levantar-se, notou que havia uma mancha vermelha, provavelmente de sangue, no robe do gordo do 222.

— Obrigado — disse o Barão, segurando confusamente os jornais e apressando-se em fechar a porta.

Mesmo diante da porta fechada, Leo deteve-se ainda um momento para relembrar e fixar na memória a cena que acabara de ver. Daí por diante começariam seus problemas.

GUIMA,
SABE O QUE EU VI?

Leo desceu para o saguão desejando que ninguém o chamasse. Precisava contar ao Guima o que vira no 222. O porteiro, na rua, parava um táxi para um casal de hóspedes estrangeiros. Ele era bastante considerado pela gerência porque falava um pouco diversos idiomas, até japonês.

Guima, assim que o viu, aproximou-se:

— Diga a dona Iolanda que domingo passo lá pra filar macarronada.

Leo estava agora mais assustado do que no momento em que vira os pés debaixo da cama.

— Guima, sabe o que eu vi?

O porteiro sentiu que o rapaz estava sob forte tensão e ficou muito preocupado. Para um *bellboy* não era interessante ver certas coisas. Aliás, o perfeito mensageiro não tem olhos nem ouvidos: apenas pernas e cortesia.

— Alguma mulher sem roupa?

— Não, acho que vi um cadáver.

— Em que programa de televisão?

— Não é brincadeira, Guima. Vi um cadáver debaixo duma cama. Sabe onde? No apartamento 222, o do Barão.

— Mas como viu esse cadáver?

Leo foi contando tudo a partir do chamado para comprar jornais quando pelo espelho do guarda-roupa embutido vira o tal homenzinho com cara de índio que lavava as mãos. Embora sorrindo aos hóspedes que entravam e saíam, Guima prestava toda a atenção e ia se contagiando pela mesma ansiedade. Mas precisava fazer perguntas para eliminar a hipótese de ilusão.

— Acalme-se, Leo, respire fundo e depois me diga se viu mesmo uma pessoa debaixo da cama.

— Vi, juro.

— A mesma pessoa que já tinha visto?

— Não sei, só vi dois pés, desta vez.

Guima abriu os braços sem saber o que dizer e muito menos o que fazer.

— Se há um cadáver no 222, logo saberemos.

Chegou a vez de Leo fazer perguntas:

— Você viu entrar um homem como descrevi? Baixinho, cara de índio? Usava um terno azul metálico.

A resposta veio logo:

— Se vi, não notei.

— Você está sozinho aqui na porta?

— Desde o meio-dia. O outro porteiro foi ao médico.

Leo continuava atônito, querendo orientação.

— O que faço, Guima?

A resposta foi seca mas pensada:

— Nada.

— Isso é direito?

— O importante é seu emprego, Leo. O que ganha aqui não ganhará noutro lugar. Fique bem quieto e aguarde. Se há um cadáver, ele vai aparecer.

O *bellboy* voltou ao saguão e aproximou-se dos elevadores. Precisava conversar com os dois ascensoristas em serviço. A ambos perguntou se haviam levado um homem baixinho, com cara de índio, para o segundo andar. Um garantiu que não e o outro não lembrava. Leo subiu então para o andar do gordo e foi procurar a camareira, uma mulata chamada Jandira.

— Você viu alguém entrar no 222?

— Não vi.

— Já arrumou o apartamento?

— Não, ele pôs o "Não perturbe" na porta. Deve estar dormindo.

O rapaz dirigiu-se à sala onde os mensageiros se reuniam à espera dos chamados. Ninguém vira o homem de cara de índio entrar nos elevadores ou no 222. Com o saguão tão movimentado, dificilmente uma pessoa insignificante como aquela seria notada. E, talvez tivesse subido pelas escadas, já que o Barão morava logo no segundo andar. Lembrou-se do homem empurrando a porta do banheiro com uma cotovelada para não ser visto. Que motivo teria para temer sua imagem no espelho?

Aquela tarde Leo trabalhou como sempre. Subia e descia os andares atendendo a constantes chamados. Mas a movimentação não impedia que pensasse no que vira e, sempre que cruzava com Percival, o gerente, sentia vontade de contar-lhe tudo.

Quando seu horário se esgotava, viu o Guima no saguão.

— Guima, vamos falar com o gerente?

— Ainda acho que não devemos nos meter.

— Estive pensando, Guima. Se há um cadáver no 222 tenho que comunicar à gerência. O Manual dos Mensageiros diz que devemos relatar aos superiores toda e qualquer irregularidade.

— Bem, já passaram algumas horas — ponderou Guima. — Queria que tivesse tempo para pensar. Já teve esse tempo. Vamos então.

— Se não quiser, não precisa. Vou só.

Guima olhou na direção dos elevadores:

— Veja quem vem vindo.

Leo olhou: era o Barão, com a chave, que se dirigia à portaria, muito calmo, e com aquele sorriso tão gordo como seu rosto.

— Por favor — pediu no balcão. — Mandem a camareira arrumar meu quarto.

Assim que o Barão saiu do hotel, Leo e Guima subiram. Encontraram Jandira no corredor.

— Arrume o 222 — disse-lhe o rapaz.

A moça abriu a porta do apartamento. Leo espiou debaixo da cama. Guima procurou vestígios de sangue no chão do banheiro e nas toalhas. Inútil.

— Vamos ver no guarda-roupa.

— Bom lugar para se esconder um cadáver — disse Guima.

A porta do guarda-roupa estava apenas encostada.

— Será que Jandira não vai dizer que estivemos aqui?

— Ela pensa que estamos procurando alguma coisa para ele. Vamos embora.

No corredor, Leo perguntou ao Guima:

— Acha que menti?

— Mentiroso, você? O filho do Rafa?

— Então que foi uma ilusão. Isso?

— Não estou pensando nada, meu chapa. Mas aquele homem que nós vimos lá embaixo, com aquela calma, não estava com jeito de quem acabou de matar uma pessoa, estava?

Leo curvou a cabeça, concordando:

— Não estava.

UM VELÓRIO SEM CADÁVER

Leo foi a pé do Park à Bela Vista. Não tinha pressa, eram as férias de fim de ano e precisava de tempo e espaço para pensar. Teria sido vítima duma ilusão? Há pessoas assim, basta olhar para o céu e veem discos voadores. Gente que vive mais de fantasia que de realidade, doentes da cuca que imaginam coisas que não viram nem aconteceram. Sofreria dessa enfermidade? Ou andava intoxicado pelo excesso de leituras policiais e de filmes seriados da televisão? Ou, ainda, quem sabe, o ambiente cinematográfico do Emperor Park Hotel, com seu variadíssimo elenco de personagens, tão diferente do seu mundo, tinha lhe afetado a mente?

— Você não viu nada, Leo — disse a si mesmo já na rua onde morava. — Tudo imaginação. Amanhã, no Park, vou dar até risada. E com apetite!

A família de Leo vivia numa casa muito velha como eram quase todas do bairro. Seus pais, Rafael e Iolanda, haviam nascido lá, no Bexiga, um dos núcleos italianos da cidade; conheceram-se na infância, mas só se casaram depois de um dos noivados mais longos do quarteirão. Rafael, que todos chamavam de Rafa, era então marceneiro e Iolanda trabalhava numa cantina de parentes. Casaram e alugaram aquela casa, já desbotada por dentro e por fora, precisando duma urgente reforma, sempre adiada por falta de dinheiro. O pai de Rafa, seu Pascoal, viúvo, comilão e contador de histórias, foi morar com o casal, como inquilino, mas só pagou o primeiro mês. Depois, perdendo o emprego numa vidraria, não trabalhou mais e não se falou mais em pagamento. Ao contrário da maioria das famílias italianas, Rafa e Iolanda tiveram apenas dois filhos, Leonardo, agora com dezesseis anos, e Diogo, com doze. Mas a casa, principalmente nos fins de semana, estava sempre lotada de parentes e amigos, quando dona Iolanda fazia na cozinha tudo que aprendera na cantina.

— O Guima disse que vem aqui domingo — disse Leo à sua mãe.

— Então vou preparar algum prato especial. Será que ele gosta de aspargo? Mas se não gosta, ficará gostando, do jeito que eu faço. Precisamos agradar bastante esse homem. Arranjou um empregão para você.

— É verdade — concordou Leo. — O ordenado é pequeno mas as gorjetas são boas. O Guima comprou um Fusca e um apartamento com elas.

— Por isso cuidado, filho. Não vá perder esse emprego. Outro assim você não arranja mais.

— Não vou perder, mãe. Lá todos gostam de mim.

Em seguida Leo foi para a oficina, como chamavam o quarto dos fundos, onde Rafa fazia esculturas em madeira. Cansado de trabalhar como marceneiro, descobrira que era artista e passou a tornear lindas peças que vendia nas cantinas do Bexiga e principalmente na feira *hippie* da Praça da República. Pascoal, o nono, ajudava-o a produzir as peças e Leo a vendê-las. Quem não gostava muito da arte era dona Iolanda que preferia o operário ao escultor porque o primeiro ganhava mais que o segundo. Mas Rafa, artista, detestava submeter-se a horários e obrigações, e acreditava que seu talento um dia seria reconhecido.

— Eh, filhote, como vai o hotel?

— Tudo bem, pai. Guima vem almoçar aqui domingo.

— Bom mesmo. Quem sabe ele consiga vender minhas estátuas aos hóspedes do Park. Bom papo é o que não lhe falta.

— Então vamos jantar. A mãe fez polpetas.

Sempre se comeu muito bem na casa dos Fantini, mesmo quando o dinheiro desaparecia. Dona Iolanda não precisava ter a despensa e a geladeira cheias para preparar os pratos mais saborosos. Rafa dizia que ela fazia mágica na cozinha, e era verdade.

Leo jantava com os olhos no prato, doido para dar um passeio no Morro dos Ingleses. Numa cabeceira da mesa estava seu pai e noutra o nono, com seus quase oitenta anos, uma das figuras mais conhecidas do Bexiga, onde sempre morara e exercera as mais variadas profissões: linguiceiro, pedreiro, vidraceiro, pintor de paredes, consertador de tudo que quebrasse e cabo eleitoral.

Ao lado de Leo, à espera de elogios pelas polpetas, comia dona Iolanda, mulher bonitona e forte, e, diante dele, Diogo, o caçula, um dos moleques mais barulhentos e rebeldes do Bexiga. Mas perto dos pais dava uma de santo, convencendo-os de que era inocente de todas as acusações que a vizinhança lhe fazia.

Leo terminou o jantar e nem esperou o café.

— Onde vai? — perguntou a mãe.

— Dar umas bandas por aí.

— Vai atrás daquela menina outra vez?

A família toda sabia da gamação de Leo por Ângela. Mas Rafa e Iolanda, Iolanda mais que Rafa, condenavam esse quase namoro porque os moradores do Morro dos Ingleses pertenciam a outra classe social, eram mais grã-finos, e quando há essa diferença entre namorados, nunca dá certo.

— Vou espiar os teatros — disse Leo. — Às vezes consigo entrar sem pagar, quando há alguma estreia.

O alegre bairro do Bexiga, além de ser o das antigas casas paulistanas, do pão italiano e das cantinas, é também o dos teatros, que às vezes Leo frequentava se os espetáculos não eram proibidos para menores de dezoito anos. Mas, aquela noite, sua intenção era a que sua mãe adivinhara: dar um passeio pelo Morro dos Ingleses, lá perto, na esperança de ver Ângela.

Leo e Ângela não eram namorados e jamais haviam marcado encontro. Estes eram casuais ou disfarçadamente provocados pelo rapaz. Se ela saía à porta do edifício, ou ia à confeitaria, Leo materializava-se diante dela, com cara de quem não queria nada, e puxava conversa. Ângela nem sempre lhe dava atenção, apressada ou indiferente, mas outras vezes se portava como uma quase namorada, e ficavam à esquina ou davam voltas no quarteirão conversando sobre mil assuntos. Juntos, em ambiente fechado, só haviam estado uma vez, na grande discoteca do bairro, esse sim um encontro casual, quando Leo viveu uma de suas noites mais maravilhosas. Embora ela estivesse com um grupo, foi com ele que Ângela preferiu dançar horas inteiras. Leo imaginou que dessa noite em diante ficariam namorados, e as coisas melhorariam, porém se enganou. A garota, logo em seguida, voltou a vê-lo apenas como um conhecido, entre os muitos que possuía, e a esnobá-lo discretamente. Ele então decidiu não procurá-la mais. Essa decisão no entanto durou apenas uma semana, abandonada ao concluir que Ângela era de fato, e sem dúvida, feliz ou infelizmente, seu primeiro amor.

Aquela noite Leo precisava ver e conversar com Ângela mais do que nunca. Tinha a impressão de que só um papo com ela poderia fazer com que esquecesse o cadáver visto ou imaginado no apartamento do Barão. Mas ela não estava na porta. Deu uma longa volta no quarteirão, parou diante do Teatro Galpão, tomou um refrigerante num bar, sem ter vontade, e voltou ao endereço de Ângela. Outra vez não a encontrou e já retornava para casa quando uma voz inconfundível o chamou.

— Leo! Leo!

Ele parou e viu Ângela, linda como um bolo de noiva, vir vindo, ligeira, em sua direção.

— Como vai, Ângela? Eu ia passando.

— Da minha janela vi você passar duas vezes.

— Estou dando umas voltas. É isso aí.

Leo tentava mostrar-se indiferente ou natural, mas nem sempre conseguia. Principalmente quando Ângela estava muito bonita como naquela noite. Usava um vestido branco e inventara um penteado que a tornava mais alta e atraente. Sabia que tinha quinze anos incompletos, porém parecia ter uns dezoito. E seu maior receio era ter que disputá-la com rapazes mais velhos, em idade que já se fala em noivado e casamento.

— Vamos dar um passeio — sugeriu Leo.

— Lamento mas não posso. Meus pais saíram e estou só com a empregada.

— Não faz mal. A gente conversa aqui mesmo.

— Só quis lhe dar um alô.

— Você não vai entrar agora, vai?

— Quero assistir televisão antes de dormir.

— Que programa?

— Não sei, qualquer um.

— Mas a gente não tem se visto.

— Outro dia nós conversamos. Só quis saber como estava passando.

Ângela aproximava-se e pelo motivo mais banal recuava. Para ela tudo ficava para outro dia e vez. Leo não entendia muito de moças, porém imaginava que costumavam agir assim quando não tinham nenhum interesse ou quando o tinham demais. Mas não queria voltar cedo para casa nem sofrer o vazio que Ângela deixava ao ir embora. Para tentar retê-la, disse:

— Houve um crime no hotel.

— Houve? Já saiu nos jornais?

— Ainda não. E talvez nem saia. Eu entrei num apartamento e vi o corpo dum homem debaixo da cama.

— E o que você fez? — perguntou Ângela com reduzido interesse.

— Bem, eu falei com o Guima, o porteiro, e mais tarde nós dois fomos ao apartamento, quando a camareira fazia a arrumação, mas já não encontramos nada.

— Você tem certeza de que era um homem?

— Tinha, até que voltei lá e não o vi mais.

— E o que o Guima diz?

— Ele acha que foi ilusão porque quem mora nesse apartamento, um tal de Barão, é uma boa pessoa e não cometeria um crime.

Ângela olhou Leo com muita seriedade e disse uma coisa que permaneceria a noite toda em sua cabeça.

— Você não é desses que veem o que não existe. Se viu um homem debaixo da cama, havia um homem debaixo da cama.

— Como sabe que não sou desses? Posso ser um tanto maluco e você não sabe.

— Você não é maluco — garantiu Ângela.

— Então, o que acha que devo fazer?

— Isso não sei. Mas penso que deve ficar quieto em seu canto. Meu pai é advogado e sempre diz que um pobre dificilmente consegue pôr um rico na cadeia.

Leo reconheceu que era conselho de gente madura, o mesmo que seus pais dariam, e aceitou-o como fim de conversa. Mas a confidência, apesar de sua dramaticidade, não prolongou mais o encontro. Ângela queria mesmo ver televisão. Como novidade, deu-lhe um beijo rápido no rosto e correu para o edifício sem olhar para trás.

UM MERGULHO NOS PORÕES DO HOTEL

Na manhã seguinte, enquanto tomava café na cozinha, e ouvia o nono cantar no banheiro *Sappore di Mare*, Leo virava as páginas dum matutino na esperança de encontrar notícia sobre algum crime misterioso ou desaparecimento de alguém com cara de índio. Não encontrando nada assim, com os olhos no relógio, deu um beijo estalado em dona Iolanda e disparou para a rua.

Menos duma hora depois, fardado, Leo já era o veloz e solícito *bellboy* do Emperor Park Hotel, subindo e descendo pelos elevadores, carregando malas, sorrindo para os hóspedes e recebendo gorjetas. Só muito tempo depois teve oportunidade de aproximar-se do Guima, na porta.

— Guima, me diga uma coisa: o Barão é amigo de algum hóspede aqui no hotel?

— Ainda não esqueceu aquela história?

— Vamos, diga.

— Ele é muito chegado à Balbina, a viúva.

Leo desanimou.

— Mas ela mora no décimo segundo.

— O que tem isso?

— O Barão não poderia levar um cadáver do segundo para o décimo segundo.

— Mais uma prova de que você teve uma visão ontem à tarde.

Leo voltou para o saguão e dirigiu-se aos elevadores. Mas não subiu; desceu. Precisava percorrer o subsolo e meter o nariz em todos os cantos possíveis. Àquela hora da manhã o movimento ainda não era intenso. Como se executasse ordens, e tentando agir com naturalidade, embora sempre atento a tudo, entrou na adega e no imenso depósito de gêneros alimentícios. O almoxarifado ainda estava com as portas cerradas. Deu uma olhada na oficina de consertos de aparelhos de rádio e televisão. Entrou em diversas salas e saletas com apenas alguns móveis, sem utilidade definida. Subitamente pareceu-lhe absurdo vagar por aqueles corredores frios como se fosse um inspetor sanitário. Se o corpo tivesse sido levado para o porão, por quem quer que fosse, não o deixariam lá até o dia seguinte. A noite seria quase com certeza o melhor período para se livrarem dele.

Como última etapa da procura, Leo foi até a lavanderia, ainda deserta, porque lá o trabalho ainda não começara. Passando entre montanhas de fronhas e lençóis, ocorreu-lhe que não poderia haver no hotel lugar melhor para se esconder um corpo durante algumas horas. Lembrou-se que seu horário de serviço era das 10 às 17. E fora pouco antes das 5 que levara os jornais ao Barão. Quem transportou o corpo não teve problemas com os funcionários da lavanderia. Mas um enigma persistia: como fora feito o transporte? Descer com um cadáver pelas escadas ou elevadores era impossível. Principalmente num fim de tarde quando havia desfile interminável de hóspedes e mensageiros.

Já encaminhava-se aos elevadores, voltando ao trabalho, quando viu um carrinho metálico usado para carga de roupa suja. E aquele não era o único, o hotel possuía dezenas. As camareiras estavam sempre os empurrando pelos corredores e descendo com eles pelos elevadores. Não precisou andar muito para ver outros estacionados junto às paredes. Leo decidiu examinar todos que sob as roupas pudessem ocultar um cadáver. No salão principal da lavanderia, a um simples exame, nada encontrou. No corredor que ligava a lavanderia ao almoxarifado viu outros carrinhos, todos descarregados. Se o cadáver está num deles, pensou Leo, quem o trouxe não o deixaria tão à vista. Lembrou-se das inúmeras saletas sem uso frequente. E todas tinham um amplo visor. Bastaria espiar do corredor para ver o que havia dentro delas. Foi o que fez, com a impressão de que ficava quente, como nas brincadeiras da infância. Justamente na última saleta do corredor, entre um mundo de caixotes, viu um carrinho cheio de fronhas e lençóis. Quis entrar, estava fechada. Verificou outras saletas, todas abertas. Por que passaram a chave naquela? O cadáver está aqui, concluiu Leo, por algum motivo que ignoro não o levaram para fora do hotel ontem à noite. Hesitava entre chamar o Guima ou correr à gerência. E se houvesse no carrinho apenas roupa? Como saber? Só havia um jeito: abrir a porta na marra. Mesmo assim a ação não foi imediata à decisão. Respirou forte, levando sua convicção aos pulmões, antes da primeira ombrada. A porta não cedeu. Apenas uma rangida. No terceiro impacto, o ombro começou a doer, porém não desistiu. Agora era verdadeira luta contra a porta com sons surdos e ecos prolongados. Às vezes trocava de ombro mas a vontade de entrar na saleta continuava a mesma.

Afinal, Leo ouviu um forte estalo e a porta cedeu com o chiado dum esparadrapo que se rasgasse em tiras. Com a sensação desagradável de quem causa prejuízo involuntário, pisou a saleta, onde além do carrinho só havia um par de cadeiras velhas. Sentiu um arrepio de piscina no inverno. Desejou não encontrar nada sob os lençóis. Assim toda tensão terminaria. Tentou remexer as roupas, mas suas mãos não obedeceram ao comando. Teve de vencer a paralisia de pesadelo para erguer os lençóis sobre o carrinho. Logo encontrou alguma resistência e viu uma mancha de sangue.

Como um boneco de cera, as pernas dobradas, Leo viu o cadáver, o mesmo homem de cara de índio do apartamento do Barão. Devido ao seu pequeno porte coubera no carrinho e coberto por lençóis pudera ser transportado sem chamar atenção. Seu paletó de tecido aluminizado também estava manchado de sangue. Observou sua boca entreaberta, a morte o surpreendendo no meio de um grito. Os olhos muito abertos, após a exibição da última cena de sua vida.

Vou sair daqui e chamar o gerente, decidiu Leo, aterrorizado, e começou a afastar-se, andando de costas, a tatear a porta. Sua mão tocou algo e no mesmo instante com uma velocidade sideral qualquer coisa o atingiu na cabeça. Perdeu os sentidos.

O CADÁVER DESAPARECE
MAIS UMA VEZ

Leo acordou. Estava no chão, junto à parede, coberto por um lençol. Sua primeira preocupação foi descobrir se sangrava. Não. Apalpou o corpo todo: estava inteiro. Pôs-se de pé, ao lado do carrinho que só tinha duas fronhas. O corpo do homem de cara de índio desaparecera. Procurou manchas de sangue nas fronhas porque ia precisar de provas: não encontrou. Saiu da saleta às pressas, seguindo pelo corredor.

No corredor Leo viu um funcionário da lavanderia mas não lhe disse nada. Aquele era caso para a gerência. Subindo pelas escadas, sem paciência para esperar pelo elevador, foi para o saguão. Percival, o gerente, na portaria, telefonava. Fez um sinal descontrolado para o Guima e foi ao seu encontro.

O porteiro notou que algo estranho se passava.

— Guima, encontrei o corpo.

— Que corpo? — ele perguntou com a mesma descrença da véspera.

— Lá embaixo, numa das saletas. Estava num dos carrinhos da lavanderia coberto por lençóis.

— Vamos lá.

— Mas ele desapareceu.

— Desapareceu, como?

— Alguém me deu uma pancada na cabeça, caí, desmaiado, e quando acordei o corpo tinha sumido.

— Quem lhe deu a pancada?

— Não vi. Ponha a mão na minha cabeça. Deve ter um galo.

Guima apalpou a cabeça de Leo.

— Não há nenhum galo.

— Guima, vamos falar com o Percival.

A ausência do galo esfriara o porteiro.

— Pensou bem no que vai fazer?

— Guima, tem um cadáver lá embaixo, escondido em algum lugar. A gente precisa achar ele.

— Não posso sair daqui agora.

— Peça ao Percival.

— Venha comigo. Mas me deixe falar com o gerente. Fique calado, você.

Percival, que já desligara o telefone, viu Guima e o *bellboy* aproximarem-se, ambos hesitantes e nervosos. Por que Guima não estava na porta e o mensageiro atendendo aos chamados?

— Aconteceu alguma coisa?

— Sim — disse o porteiro. — Leonardo julga ter visto alguma irregularidade na lavanderia. Queria lhe pedir licença para acompanhá-lo até lá.

— Que irregularidade?

— Pode ter sido engano...

— Mas o que ele viu lá?

— Bem, ele não viu, ele supõe...

O telefone tocou, era para o gerente, que atendeu e começou a falar inglês. Como o telefonema parecia importante, despachou o porteiro e o *bellboy* com um movimento de mão.

Leo e Guima desceram em seguida para a lavanderia, o primeiro apressado, o segundo mais lento e com receio de se envolver em encrencas. Logo chegaram à saleta onde o rapaz vira o cadáver do homem de cara de índio.

— Foi aqui que encontrei o corpo.

— A porta está arrombada.

— Eu arrombei.

— Por quê?

— Estava fechada à chave.

— Onde viu o corpo?

— Neste carrinho.

— Um homem cabe nisso aí?

— Era pequeno, mais baixo que eu, e muito magro.

— Mas ele não está aqui.

— Deve estar noutra parte. Vamos procurar.

Leo e Guima foram espiando todas as saletas sem nada encontrar de suspeito. Ao porteiro era incrível que alguém largasse um cadáver no grande salão da lavanderia e por isso deixava a procura mais para o *bellboy*. Este, sempre que via uma montanha de roupa, dividia-a em pequenos montes, num trabalho nervoso e inútil. A esta altura alguns funcionários já chegavam, viam a confusão que Leo fazia com as fronhas e lençóis, e não entendiam.

— Perdeu alguma coisa, moço? — perguntou um deles.

— Estou procurando — respondeu Leo.

— Posso ajudar? O que está procurando?

— Um cadáver — disse Leo sem interromper sua tarefa.

O funcionário riu e juntou-se a outros.

Guima dirigiu-se a eles.

— Vocês viram alguma coisa que podia se parecer com um corpo humano?

O funcionário que rira puxou uma risada geral.

— Que palhaçada é essa, Guima?

— Então ninguém viu nada?

— Só na televisão. Aliás, tem sempre, para todos os gostos. Ontem vi um seriado, *Crime no Hotel*, tinha gente morta até nos armários.

Guima olhou, desanimado, para Leo.

— Vamos subir.

— Ainda não revistamos tudo.

— Leo, ninguém pode esconder um cadáver no bolso. E deixe por minha conta. Digo ao Percival que você sofreu uma ilusão de ótica, ou coisa assim, e nem toco na porta arrombada. E, por favor, esqueça o assunto.

— Não será fácil, Guima.

— Faça força, garoto.

— Está certo, mas que vi um cadáver naquela sala, vi. E era o mesmo homem que estava no apartamento do Barão.

— Não mencione o Barão para o Percival. Isso complica tudo.

— Guima, para você não importa se houve assassinato aqui no hotel?

Guima parou para dizer exatamente o que pensava:

— Há muitos anos que me importo só comigo mesmo. E com as gorjetas. Para mim um assassino que dê boas gorjetas quando chamo um táxi é um ótimo camarada. Vamos subir. E boca fechada.

Ao voltar ao saguão Leo já decidira definitivamente pôr uma pedra naquela história. Guima, experiente, dera-lhe o melhor conselho. O importante era continuar trabalhando no Park, numa boa, sem complicações.

Guima, cumprindo com o prometido, foi falar com o Percival.

— O rapazinho se enganou... Estava escuro e ele teve a impressão de ver qualquer coisa estranha na lavanderia. Nem soube explicar o quê.

— Por favor, mande ele ir ao meu escritório.

— Mas era só isso. Tudo certo agora.

Percival, muito sério, insistiu:

— Talvez não, Guima. Chame o moço.

O porteiro, amigo de Leo e de todos os Fantini, ficou preocupado. O que queria o gerente, que por sinal não estava com boa cara?

— Algo errado com ele?

— Vá, Guima, não tenho muito tempo a perder.

Guima foi encontrar o *bellboy* no saguão, carregando malas dum hóspede recém-chegado.

— O Percival quer falar com você.

— Sobre?

— Não sei.

— Falou do cadáver?

— Nenhuma palavra. Vá, cuido das malas.

Leo, imaginando que o gerente já soubesse de alguma coisa sobre o assassinato, dirigiu-se ao escritório esperançoso.

Sentado, diante duma escrivaninha, Percival o aguardava fumando.

— Feche a porta — ordenou.

O rapaz obedeceu, subitamente nervoso.

— Às ordens.

Tudo parecia se resumir numa pergunta:

— Você esteve ontem à tarde no 222?

— Fui levar jornais.

— Quero saber depois, quando o hóspede já não estava no apartamento.

— Estive, sim, com o Guima. A camareira fazia a arrumação.

— Pode me dizer o que foi fazer lá?

Leo não pretendia mais abordar o assunto. A pergunta, porém, tão direta, obrigava-o a contar tudo. Chegou a pensar em retardar a resposta, mas o olhar firme e insistente de Percival não permitiu.

— Eu fui... fui...

— Pare de gaguejar e fale duma vez.

— Bem, quando fui levar os jornais para o Barão, vi os pés duma pessoa debaixo da cama.

— Que história é essa, garoto?

— Isso mesmo: vi os pés dum homem e o Barão estava com uma mancha de sangue no robe. Aí desci e falei com o Guima. Depois que ele saiu do apartamento, nós dois voltamos.

— Mas não encontraram ninguém debaixo da cama.

— Não encontramos, mas agora cedo, fui à lavanderia, e encontrei um cadáver numa das saletas.

— Interessante!

— Mas me deram uma pancada na cabeça e eu desmaiei.

— Então você chamou o Guima outra vez.

— Chamei.

— Desceram para a lavanderia e não viram mais o cadáver.

— É verdade. Tinha desaparecido.

— É agora pensa que vou acreditar nisso?

Leo já sentira que o caso, contado, parecia falso. Nenhum cadáver desaparece duas vezes. Ele próprio não acreditaria se lhe contassem aquela história.

— Seu Percival, é tudo verdade.

— Pois eu vou lhe dizer o que você foi fazer no apartamento do Barão. Voltou para pegar uma coisa que realmente viu debaixo da cama. E usou o pobre Guima apenas para acobertar o seu roubo.

Leo estremeceu.

— Roubo? Não roubei nada.

— E deve ter roubado outras vezes. Sabíamos que havia algum larápio entre os funcionários e agora sabemos quem ele é.

— Eu não sou ladrão. Voltei ao apartamento à procura do cadáver.

— Essa é uma invenção ridícula.

— Posso até descrever esse homem para o senhor. Eu o vi no apartamento do Barão e agora na lavanderia. Houve um crime aqui no hotel. No 222.

Nesse instante a porta abriu-se e entrou o Barão com um ar de amargura e decepção. Olhou o mensageiro como se lhe tivesse uma profunda pena.

— Por favor, Percival, não despeça o rapaz por causa disso. Dê-lhe outra oportunidade.

— Eu não fiz nada — replicou Leo.

— Devolva o objeto — pediu o gerente.

— Que objeto? — perguntou o mensageiro indignado.

O Barão, com uma voz paternal, explicou-lhe:

— Se não fosse algo de estimação eu permitiria que ficasse com ele. Não é pelo seu valor, é pelo que representa sentimentalmente.

— Mas não sei do que estão falando.

— Sabe, sim — garantiu Percival — falamos do isqueiro.

— Isqueiro. O que ia fazer com um isqueiro se não fumo?

— Era de ouro e prata.

A falsa acusação causou um alívio no *bellboy,* que chegou a esboçar um sorriso.

— Não vi isqueiro algum em seu apartamento.

— Deixei cair embaixo da cama — disse o Barão.

— Nada tenho a ver com isso — protestou Leo, tentando pôr fim à conversa.

Percival levantou-se:

— Posso revistá-lo?

— Não é necessário — opôs-se o Gordo. — Vamos acreditar na palavra dele.

O mensageiro repeliu a generosidade do Barão:

— Pode me revistar, sim — bradou, em desafio. — Quem não deve não teme.

O gerente foi enfiando as mãos nos bolsos de Leo até que o rapaz observou uma reação em seu rosto, logo transmitida afirmativamente ao Barão.

— É este? — perguntou Percival exibindo um belíssimo isqueiro ao hóspede.

O Barão confirmou com um curto movimento de cabeça como se sentisse o maior pesar em incriminar o *bellboy.*

O PRIMEIRO DIA
DE UM DESEMPREGADO

— Eu não roubei esse isqueiro — afirmou Leo, aflito. — Nunca o tinha visto.

— Então como foi parar em seu bolso? Voando? — gracejou maldosamente o gerente.

— Alguém o enfiou enquanto estive desmaiado na lavanderia — asseverou o rapaz. — Só pode ter sido.

O Barão moveu-se em direção à porta, dizendo a Percival:

— Seja benevolente com o moço — e saiu em seguida.

Leo sentiu vontade de cuspir na porta que o hóspede fechava, mas precisava defender-se doutra forma. Aproximou-se mais de Percival falando alto, com raiva, e gesticulando um tanto descontroladamente.

— Esse homem é um assassino! Ele matou uma pessoa. Vi o cadáver na lavanderia, quase toquei nele. Acredite em mim. Talvez o corpo ainda esteja lá embaixo.

— Você está caluniando um homem que pratica a caridade, que dá muito dinheiro aos pobres, aos velhos, às crianças e aos doentes. Tem um grande coração. Todos o admiram nesta cidade. A calúnia é ainda pior que o roubo. Mas não serei benevolente como seu Oto pediu: vou despedi-lo agora mesmo e não espere que lhe dê carta de recomendação. Vá tirar o uniforme, enquanto mando redigir a demissão.

Atordoado, Leo saiu do escritório. No saguão, tendo abandonado a porta do hotel, Guima o esperava, nervoso.

— Vi o Barão entrar no escritório. O que aconteceu?

— Fui despedido.

— Você não devia ter acusado o Barão.

— Não foi por isso. Acusaram-me de roubar um isqueiro que lhe pertencia. E ele foi encontrado no meu bolso.

— No seu bolso?

— Sim, alguém o colocou enquanto estava desmaiado.

— Vou falar com o Percival.

— Não se meta, Guima. É a minha palavra contra a do Barão. E a prova é contra mim.

— Mas não pode ser acusado de roubo sem ter roubado.

— Tenho de aguentar isso, Guima. Serei um ladrão, sim, até que se descubra que o Barão é um homicida. Vou tirar o uniforme. Não trabalho mais no Emperor Park Hotel. E eu que gostava tanto disto aqui!

Guima apertou-lhe o braço, imprimindo-lhe na carne sua solidariedade.

— O que posso fazer por você?

— Apenas uma coisa.

— O que, garoto?

— Acreditar que vi mesmo um cadáver no 222 e na lavanderia.

Guima comprimiu um sorriso entre os lábios, dando-lhe todo o crédito. Leo não era visionário nem ladrão de isqueiros. Já não duvidava: realmente vira aquele corpo. Só não entendia como desaparecera duas vezes.

O ex-*bellboy* foi à sala dos mensageiros e trocou o uniforme pelo *blue jeans* e camiseta. Olhou-se num espelho com tristeza. Só não chorou com receio de que alguém entrasse. Ia sentir falta do hotel, das gordas gorjetas e dos papos com o Guima. Retornou ao saguão, esperou alguns minutos até que o chamaram ao escritório.

Não foi o Percival, mas um de seus assistentes, que entregou a Leo um cheque, relativo a seus direitos, e alguns papéis para assinar.

— Por que está sendo despedido? — perguntou.

— Porque encontrei um cadáver na lavanderia — respondeu, pondo o cheque e os papéis no bolso.

O jovem Fantini ia deixando o Park pela porta principal, mas mudou de ideia e resolveu fazer mais uma visita ao subsolo. O trabalho lá já era intenso e as montanhas de roupas iam sendo removidas para as máquinas de lavar. Os carrinhos, carregados ou não, circulavam dum lado e outro empurrados por funcionários, homens e mulheres. O corpo não pode estar mais aqui, pensou Leo. Com certeza já foi levado para fora do hotel. Não tenho mais o que fazer. Adeus!

A volta para a Bela Vista foi lenta e cheia de pensamentos. Leo sabia que não seria fácil arranjar emprego melhor que o de mensageiro do Park, principalmente antes de ter um diploma na mão.

Ao chegar em casa, foi direto à oficina. Seu pai lixava uma estatueta de madeira.

— Pai — disse — recebi o bilhete azul.

— Por quê?

— Fui acusado de roubar um isqueiro.

Rafa largou a estatueta, revoltado. Depois, fez menção de vestir o paletó.

— Vou dar uma surra em quem o acusou disso.

— Esqueça, pai.

— Conte como a coisa aconteceu.

Leo sentou-se num banquinho, pegou a estatueta que o pai lixava, e contou tudo a partir do chamado do Barão quando vira o homem de cara de índio pelo espelho até a última vistoria no subsolo. O pai ouvia, atento, acreditando e sofrendo a cada lance da narrativa. Querendo consertar tudo com um simples sorriso, disse ao filho:

— Não faz mal, fique trabalhando comigo. Preciso muito de você, principalmente na feira.

— Aquelas gorjetas vão fazer falta.

— Leo, o que a gente perdeu está perdido. Parta pra outra. Você ainda está no começo da vida.

— Mas eu gostava do Park. Era quase como trabalhar no cinema.

Rafa retomou a estatueta, voltando a lixá-la:

— Talvez ainda volte para lá. Esse cadáver vai ter que aparecer. E mesmo de boca fechada um morto pode falar.

— Quer que o ajude a lixar alguma peça?

— Não, filho. Você está aborrecido. Vá passear, distrair-se. Mas, se quiser, vamos à feira, domingo. Você tem um jeito especial para vender estatuetas.

No almoço, todos os Fantini já sabiam o que acontecera a Leo mas não se fez nenhum comentário. Apenas Diogo, o caçula, não mantinha a naturalidade, olhando o irmão como se invejasse a aventura que o envolvera.

À tarde, Leo foi descontar o cheque do Park e deu quase todo dinheiro a Rafa. Depois passeou pelo Morro dos Ingleses mas não viu Ângela. Melhor assim, não devia estar bom de papo.

Após o jantar, os Fantini receberam uma visita sempre agradável, Guima, que, na oficina de Rafa, tomando cerveja, confirmou toda a história de Leo. Rafa ouviu com a mesma indignação da manhã, declarando seu desejo de dar uma surra no Barão e no gerente. Dona Iolanda, imediatamente, abriu outra cerveja, que era a forma mais simples de acalmá-lo. O velho Pascoal esfregava as mãos e mais nada. Há muitos anos andava de briga com o mundo.

— Não entendo por que não sumiram com o corpo ontem à noite — disse Leo.

— Acho que tenho uma resposta para isso.

— Qual, Guima? — quis saber o rapaz, interessado.

— Há vigias noturnos no subsolo. Seria difícil retirar o cadáver, por isso deixaram para hoje cedo.

Para Leo a explicação satisfez.

— Só queria saber quem o ajudou.

— Realmente o Barão não podia fazer tudo sozinho.

— Ele deve ter algum comparsa no hotel.

— Você diz, morando no hotel?

— Não, Guima, alguém que trabalhe lá. Nenhum hóspede andaria com liberdade pelo subsolo.

— Pode ser.

— Você lembra de algum funcionário que seja amigo do Barão?

— Ele mora no Park há dois anos e deve conhecer muitos empregados, mas não sei de nenhum mais íntimo.

Dona Iolanda interveio com firmeza:

— Não se preocupe com isso, Guima. E você, Leo, esqueça. É assunto para a polícia. Poderia ter acontecido coisa muito pior no porão do hotel. Perder o emprego foi o menos grave de tudo.

Quando Guima se despediu dos Fantini, Leo acompanhou-o até o Fusca. Ainda conversaram por alguns momentos.

— Sua mãe tem razão — disse Guima.

— Eu sei.

— Mesmo assim vou manter os olhos bem abertos. Também gostaria de saber quem é o sócio do Barão no Park Hotel.

Leo sorriu, grato. Tinha esperanças de provar ao gerente que não era ladrão de isqueiro e que merecia ser um *bellboy*.

UM CADÁVER BOIA NO RIO

No domingo bem cedo Leo foi à feira *hippie* com o pai e o nono. Era da Praça da República, com a venda de estatuetas, que Rafa tirava o sustento da família. Não se dizia que era um grande artista mas vender é também uma questão de simpatia e lábia, duas coisas que não faltavam ao ex-marceneiro. A estatueta de São Genaro, por exemplo, sempre tinha boa procura, como também as de Cosme e Damião.

Quando Rafa e Pascoal iam para o bar, beber cerveja, Leo se incumbia das vendas, sempre bem-sucedidas porque ele apregoava alto e insistia quando alguém demonstrava interesse.

Naquele domingo, depois de vender alguns São Genaro, um JK e um bandeirante, Leo sentou-se numa cadeira de armar, sob a barraca, abriu um jornal e começou a ler. Desde a véspera procurava notícia sobre um cadáver desconhecido. E lá estava ela na seção de ocorrências policiais: fora encontrado o corpo dum homem boiando no Rio Tietê. E mais que isso: não havia morrido afogado e sim levara um tiro no coração, provavelmente a curta distância. O morto não trazia identidade, mas a julgar pelos seus traços, supunha-se tratar de um estrangeiro.

Deve ser o homem, pensou Leo. Mas estrangeiro, com aquela cara de índio? Aí estava a dúvida, pois sempre que se falava de estrangeiros pensava-se em pessoas altas e louras. A notícia, porém, não descrevia o corpo. Gostaria de vê-lo, disse o rapaz com uma angústia que lhe doeria o resto do dia.

No almoço, como havia prometido, Guima apareceu nos Fantini.

O vinho, o macarrão e as polpetas não permitiram que tocassem no caso desagradável do hotel. Todos pareciam estar com muita sede e apetite, menos Leo, que só pensava naquilo.

Depois do almoço, o rapaz conseguiu ficar a sós com o Guima.

— Acharam um corpo boiando no rio, pode ser o homem.

— Sempre há corpos boiando nos rios.

— Mas esse não morreu afogado, levou um tiro.

— O que mais o jornal diz?

— Ele não foi identificado, mas parece estrangeiro.

— Não trouxe retrato?

— Não.

— Então não há jeito de saber.

— Há, sim, Guima. Basta ir ao Instituto Médico Legal.

— Mas você não vai fazer isso.

— Não quer ir comigo?

— Leo, seus pais não querem que se meta. E eles estão certos. O Barão é rico, forte como um couraçado, afaste-se dele.

— Gostaria de ir ao Instituto.

— Eu também. Mas não vou nem você.

Rafa voltava com outra garrafa de vinho e o tema foi posto de lado.

Ao anoitecer, Guima e os Fantini, de barriga cheia, sentaram-se diante da televisão. Havia um programa humorístico e todos riam muito, com exceção de Leo.

Quando foi para a cama, quase à meia-noite, Leo já tomara uma decisão.

AS COISAS FICAM PRETAS

Assim que Leo disse que queria ver o corpo encontrado no Tietê, foi levado sem problemas por um homem de avental e outro com jeito de detetive à geladeira do Instituto.

— Supõe que seja algum parente? — perguntou o do avental.

— Não — respondeu o rapaz com um tremor na voz. Bastava um monossílabo para evidenciar seu nervosismo.

— Algum amigo? — insistiu o de jeito de detetive.

— Também não.

Mesmo antes de abrirem a gaveta, Leo já se arrependera do passo e desejava ardentemente que o homem do rio não fosse o do 222 e da lavanderia. Estava desobedecendo o conselho do Guima e dos pais e isso o inquietava.

O do avental puxou a gaveta.

— Dê uma espiada, rapaz. Não foi pra isso que veio?

Leo olhou como se filasse as cartas dum baralho observado com atenção pelos dois homens. A gaveta estava puxada mas não via nada, apenas sentia as batidas de seu coração. Quando um cheiro forte, talvez formol, lhe atingiu as narinas arregalou os olhos e fotografou.

Sim, era o homem, o de cara de índio, o homem do 222 e da lavanderia, o que o Barão matara.

— Conhece ele? — perguntou o do avental.

— Pode fechar — respondeu Leo.

A gaveta foi fechada mas a pergunta continuou no ar.

— Se conhece, diga logo.

Leo não sabia se afirmava ou negava. Para negar teria que fingir, representar, e ele não era artista.

— Acho que conheço — disse.

O do avental fez um gesto largo para o detetive, como se dissesse: o caso agora é com você.

— Você acha ou conhece mesmo? — perguntou o policial.

— Conheço.

— Como é o nome dele?

— Não sei.

— Ele era estrangeiro?

— Nada sei a respeito dele.

— A polícia acha que deve ser boliviano ou peruano. Que idioma ele falava?

Leo sacudiu a cabeça.

— Nunca o ouvi falar.

— Lidava com tóxicos?

— Como disse, nada sei sobre esse homem. Só o vi vivo uma vez, e por uns segundos. E depois quando já estava morto.

— Onde foi isso?

— No Emperor Park Hotel.

— Vamos à delegacia. Mas espero que não vá fazer o delegado perder tempo.

O detetive, que o homem do avental chamava de Lima, levou Leo para a rua onde apanharam um táxi. O trajeto foi curto e reduzido a poucas palavras, sem novos esclarecimentos. Mas o rapaz ficou sabendo que fora a única pessoa que comparecera para reconhecer ou identificar o corpo.

Na delegacia, Leo teve que esperar uns dez minutos numa sala enquanto Lima conversava com o delegado. Depois, a própria autoridade abriu a porta e pediu que entrasse. Lima já não estava lá. Uma espécie de secretário ou escrivão apontou uma cadeira para Leo. Antes de mais nada, o delegado fez-lhe algumas perguntas cujas respostas iam sendo anotadas numa ficha: nome, idade, residência e nomes dos pais.

— Então você conhecia aquele homem?

— Sim, eu o vi quinta-feira no Emperor Park Hotel, onde era mensageiro.

— Estava hospedado lá?

— Não, eu o vi no apartamento 222, do senhor Oto, um hóspede permanente. Mas ele não me viu. Nem o senhor Oto percebeu que o tinha visto.

— Como foi isso possível?

— Eu o vi pelo espelho interno do guarda-roupa.

— O que tinha ido fazer no apartamento?

— Atender a um pedido desse senhor, queria jornais.

— Continue.

— Quando voltei o hóspede deixou cair os jornais, eu me abaixei e então vi os pés debaixo da cama. Quando levantei, percebi que havia uma mancha de sangue, pelo menos me pareceu que fosse, no robe de seu Oto. Também achei que estava muito nervoso.

— Prossiga.

— Contei o que vira ao seu Guimarães, o porteiro, e umas duas horas depois, quando o hóspede já saíra, voltamos ao apartamento, mas não encontramos o cadáver.

— Quer dizer que sumira do apartamento?

— Sim.

— Esse senhor saiu com alguma mala ou coisa assim?

— Não.

O delegado fez um ar descrente.

— O tal de Guimarães acreditou que você tinha visto um corpo sob a cama do hóspede?

— Não muito.

— Acreditou ou não acreditou?

— Acho que não.

— E o que aconteceu depois?

A visível descrença do delegado dificultou a narração de Leo, que passou a engolir saliva, gaguejar e elevar o tom de voz, como se pretendesse dar-lhe mais convicção.

— No dia seguinte cedo decidi procurar o corpo no subsolo e fui à lavanderia. Achei que o corpo estava escondido lá.

— Por que achou?

— Não sei. Talvez porque os empregados da lavanderia ainda não estavam trabalhando. Havia os carrinhos para transporte de roupa suja. Imaginei que o corpo estaria num deles. Mexi na roupa de todos até que vi um desses carrinhos com um monte de lençóis numa saleta fechada. Então arrombei a porta da saleta.

— Ninguém viu você fazer isso?

— Ninguém.

— Não seria mais fácil chamar um dos responsáveis?

— Pensei que só acreditariam em mim se aparecesse com o corpo dentro do carrinho.

— Então arrombou a porta?

— Arrombei e fui logo tirando os lençóis do carrinho. E o cadáver estava lá, o mesmo da geladeira.

— E depois?

— Quando ia sair, alguém me deu uma pancada na cabeça. Caí, sem sentidos.

— Essa pancada deixou algum ferimento ou calombo?

— Doeu muito mas não deixou nada.

— Continue.

— Quando acordei o corpo não estava mais lá.

— 40 —

O delegado e o secretário ou escrivão trocaram olhares que significavam descrença ou gozação. O segundo desaparecimento do cadáver acentuava a impressão de história inventada.

— E o que você fez, moço?

Ainda com mais dificuldade para falar, Leo prosseguiu:

— Fui contar tudo a seu Percival, o gerente.

— E ele?

— Ele me demitiu.

Depois de nova troca de olhares com o outro homem:

— Por quê?

— Porque Oto, o hóspede do 222, me acusara de ter roubado seu isqueiro. Um isqueiro muito caro, de ouro e prata.

Leo sentiu que embora o delegado ainda não conhecesse o Barão já lhe dava mais crédito que a seu acusador. Então teve uma ideia: não relatar ainda que o isqueiro aparecera em seu bolso. Se o fizesse, poderia ser detido para averiguações. Afinal o Barão tinha uma testemunha do destino de seu isqueiro: o gerente do hotel.

— Mas quem é esse homem? — perguntou o delegado. — O tal Oto.

— É um homem muito conhecido.

— Não vai me dizer que é Oto Barcelos?

— Parece que sim.

— Mas esse homem é um santo! Não há uma criança, um doente ou velho nesta cidade que não lhe deva alguma coisa.

— Eu também gostava dele. Me dava muita gorjeta.

— Mesmo assim vem aqui acusá-lo?

— Ele matou um homem, doutor.

O delegado ficou pensativo e sem pressa para tomar uma resolução. Até levantou-se e deu um passeio pela delegacia.

— Se o homem é mesmo Barcelos o caso é mais delicado. Não posso intimá-lo como se fosse um criminoso comum. — E disse a seu secretário: — Telefone ao Park Hotel, fale com Oto Barcelos, e diga que vou visitá-lo hoje às três horas.

— Avisando, ele fugirá — opinou Leo, precipitado.

— Se estamos falando da mesma pessoa, ela não fugirá. Além do mais, conversei com Barcelos, mais de uma vez, sobre assuntos assistenciais. Ele me conhece bem. Oto Barcelos! Sua esposa morreu num desastre de avião. Desde então passou a dedicar-se à filantropia. Tem certeza de que é esse o homem?

— Oto, do 222, um senhor gordo que faz caridade.

— Bem, vou cuidar do caso pessoalmente. Agora vá para casa. Provavelmente ainda será chamado. Quem sabe ainda hoje.

Leo levantou-se, despediu-se com um movimento de cabeça e saiu da sala com a certeza de que não fora acreditado. Sua sorte seria se o Barão fugisse. Era a esperança de sair-se bem de tudo.

Com muita pressa, Leo apanhou um táxi:

— Me leve ao Emperor Park Hotel.

Foi uma viagem curta mas angustiada. Leo parou perto do Park e ficou à espera. Quando viu Guima à porta, chamou-o fazendo sinais. O porteiro levou um susto e aproximou-se adivinhando novas encrencas.

— O que foi, garoto?

— Fui reconhecer o corpo do homem encontrado no rio. Era ele mesmo, o que o Barão matou.

— Bem, o que quer que eu faça?

— O resto fui eu mesmo que fiz. Um detetive me levou à delegacia e acusei o Barão.

— Você fez isso?

— Fiz, o delegado virá aqui às três da tarde. Mas tem uma coisa: não acreditou muito em mim.

— Já esperava, garoto.

— Eu contei tudo direito, menos que o isqueiro foi encontrado em meu bolso.

— Disso o Barão vai se incumbir.

— Estou com medo, Guima.

— Eu também estou. Conhece aquela história do feitiço que vira contra o feiticeiro, não?

— Conheço, sim.

— O importante, garoto, é que não se deixe prender, se não ainda será acusado de matar o tal homem. Vou lhe dar a chave de meu apartamento. Passe a tarde lá e não saia antes que eu apareça ou mande algum recado. Entendeu bem?

— Entendi, Guima.

— Seus pais sabem que foi reconhecer o corpo?

— Não, fiz essa besteira sem dizer pra ninguém.

— Então não diga. Não vá preocupá-los antes do tempo. Depois do almoço, esconda-se. Aqui está a chave.

Leo enfiou a chave no bolso e afastou-se. Voltou para casa. Tentando agir naturalmente, almoçou o suficiente para não demonstrar inquietação, e dirigiu-se ao apartamento de duas peças do Guima, que era lá mesmo, num pequeno edifício da Bela Vista.

A HISTÓRIA ACONTECEU ASSIM

Guima trabalhava até as seis. Leo calculou que às seis e meia já estaria de volta. Meia hora do Park à Bela Vista. Mas nada do Guima às seis e meia, sete, sete e meia. Só apareceria às oito horas, muito além do costume.

Ao ouvir a campainha, Leo abriu a porta. Guima havia trazido comida enlatada.

— Está com fome?

— Não.

— Dona Iolanda disse que comeu pouco. Deve estar, sim.

— Você esteve em minha casa?

— Vim de lá agora.

— Guima, me conte, o que aconteceu?

— Claro que vou contar. Mas vai ter que jantar.

— O delegado esteve no hotel?

— Esteve, às três em ponto, ele e um tira chamado Lima. Eu o reconheci pelos retratos nos jornais. Chama-se doutor Arruda.

— Por favor, Guima, comece. Estou aqui desde as duas horas.

— Vamos para a cozinha. Conto enquanto preparo a comida. Aqui não é o Park, a comida é em lata. E eu não tenho nada contra ela. Apenas meu estômago.

Guima rodeou mas contou tudo com detalhes e continuidade. Desde que Leo aparecera no hotel ficou muito atento. Viu quando o Barão chegou e apanhou o recado telefônico na portaria. Devia ser do delegado. Em seguida, dirigiu-se com suas banhas, apressado, aos elevadores. Guima acreditou que fugiria mas isso não aconteceu. Uma hora depois, almoçava tranquilamente no restaurante do hotel. Depois, foi até a portaria e conversou com um dos funcionários em serviço. Às duas e meia um grupo de mulheres da sociedade apareceu à sua procura. Eram beneméritas que sempre o visitavam para pedir donativos ou apoio às suas campanhas assistenciais. Foram conduzidas a um salão anexo ao das convenções. Guima, embora nada tivesse a fazer por lá, viu quando o Barão chegou, vestido à esportiva, e beijou cortesmente as mãos das senhoras, coisa que sabia fazer muito bem.

Ao passar novamente pela portaria, Guima recebeu uma ordem do próprio gerente: quando chegasse o doutor Arruda deveria levá-lo ao salão onde o Barão recebia as senhoras.

Guima viu quando o doutor Arruda entrou no hotel com outro homem e foi ao encontro deles.

"— Vieram falar com seu Oto?

— Viemos.

— Ele está recebendo umas senhoras. Me acompanhem."

Guima levou o delegado e o tira ao salão. O hóspede do 222, de pé, diante das senhoras sentadas, hipotecava seu apoio a uma campanha em prol do Natal das crianças pobres. O Barão mostrava-se entusiasmado pela ideia, dizendo que participaria não apenas com donativos mas também com sua experiência. Afinal, já dirigira muitas campanhas de fim de ano.

"— Agora tudo deve ser planificado — disse — até as atividades do coração. Fazer o bem, por mero impulso, às vezes resulta apenas em desperdício."

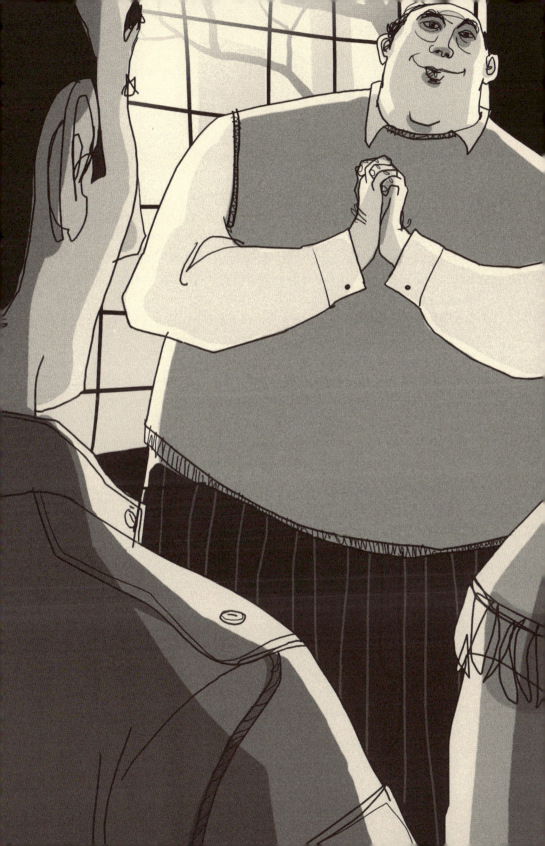

As senhoras com sorrisos, manifestaram sua gratidão.

"— Mas isso vai lhe tomar tempo, Barão.

— O meu já doei todo aos necessitados. Foi meu maior donativo."

Agradecidas, as mulheres despediram-se de Barcelos e deixaram o salão quando o delegado e o detetive se aproximaram.

"— Sou o delegado Arruda, Barão."

O hóspede do 222 sorriu.

"— Barão é apelido, devido à minha gordura.

— E à nobreza de seu coração — acrescentou o delegado.

— Recebi seu recado, mas não precisava vir. Eu iria à delegacia com todo o prazer. Mas o que fez o gerente do hotel, deu parte do garoto?"

Guima afastou-se alguns passos mas ainda podia ouvir. Seria esta a intenção do Barão?

"— Não, ele apareceu espontaneamente.

— Confessou outros roubos?

— Por que, ele roubou alguma coisa?"

O Barão tirou o isqueiro do bolso.

"— Roubou o meu isqueiro, e seu Percival, o gerente, desconfia que tenha roubado outros objetos. Mas não quero apresentar reclamação alguma. Por mim nem teria sido demitido.

— Isso ele não me contou — disse o delegado olhando para o Lima. — Disse apenas que o tinham acusado de roubo.

— Mas então o que ele foi fazer na polícia?

— Foi reconhecer um cadáver encontrado boiando no Tietê. Disse que conhecia o homem.

— Já sei dessa história — lembrou o Barão com um sorriso. — Esse rapazinho é mesmo um ficcionista. Mas não precisava ir tão longe para se inocentar. A não ser que lhe falte um parafuso.

— Ele de fato viu alguém no seu apartamento?

— Eu estava com um amigo, o Aníbal.

— O garoto contou que ao voltar, com os jornais, havia um corpo debaixo da cama."

O Barão tornou a sorrir, expondo mais os lábios.

"— Que bons olhos tem o garoto! Realmente havia alguém debaixo da cama, o Aníbal, que estava apanhando uma abotoadura. Ainda sou do tempo das abotoaduras. E com esse corpo de elefante não dava para pegar. Para o Aníbal, magro e pequeno, foi fácil."

O delegado e o Lima quase gargalharam desta vez.

"— E a mancha de sangue no robe?

— *Ketchup*. Não dispenso *ketchup*.

— Depois ele disse que encontrou o tal homem num carrinho de roupa suja na lavanderia.

— Pode ser, mas não era o meu amigo. Ele está bem vivo e posso lhe dar o endereço. Aníbal Tibiriçá é meu contador.

— Não é preciso — disse o delegado, convencido. — Está tudo muito claro. Agora vou conversar com o gerente. Desculpe-nos pelo aborrecimento, Barão.

— Aborrecimento nenhum.

— E felicidades em sua nova campanha."

Guima contou, em seguida, que acompanhou o delegado e o detetive até a gerência, onde Percival fez uma lista de objetos desaparecidos. Alguns pertenciam aos hóspedes, outros ao próprio hotel.

À saída, o porteiro perguntou ao doutor Arruda:

"— O que vai acontecer ao garoto?

— Vamos à sua casa, agora. Além de caluniador, saiu-se um belo ladrãozinho."

Assim que terminou o horário de trabalho, Guima tirou o uniforme, o que o deixava mais magro e menos imponente, e correu para a casa dos Fantini. Encontrou toda a família sobressaltada com a visita do delegado. Guima tranquilizou Rafa e Iolanda informando que Leo estava em seu apartamento.

"— Mas não vai poder ficar lá muito tempo. No hotel todos sabem que somos amigos.

— Ele deve ir para a casa da tia Zula — disse dona Iolanda.

— A que é cozinheira da cantina?

— Essa, lá ele poderá ter a companhia do Gino, seu primo."

Guima começou a abrir as latas.

— Você deve ficar lá até que as coisas se esclareçam. Agora vamos comer, depois você vê televisão, dorme e amanhã bem cedo eu o levo à casa de sua tia.

— Guima, obrigado por tudo.

— Dizem que não se pode confiar em ninguém com mais de trinta anos mas já tenho cinquenta.

— Só mais uma pergunta.

— Duas, se quiser.

— O que achou do comportamento do Barão nisso tudo?

— É um homem muito seguro de si e esperto. Mas, embora não seja detetive, não tenho a menor dúvida: ele matou o homem que você viu no 222.

ESCONDIDO NA CASA DE TIA ZULA

Tia Zula morava numa das menores e mais antigas casas da Bela Vista, dessas de porta e janela, baixinha, há muitos anos ameaçada pelo progresso. A fachada da casa já fora pintada muitas vezes, desde sua construção, no começo do século, e ainda mostrava vestígios de muitas cores. O mesmo acontecia com a porta e a janela. Mas no interior tudo era muito limpo, e os móveis, pesados e escuros, muito bem conservados.

Tia Zula, irmã de sua mãe, era viúva há muitos anos, trabalhava como cozinheira numa das cantinas do Bexiga, e tinha um filho de vinte anos, chamado Gino, paralítico, sempre numa cadeira de rodas. Zula era uma mulher muito ativa, e Gino, apesar da doença, puxara seu temperamento. Ele se movimentava bastante na cadeira, ajudava a arrumar a casa, atendia à porta, fazia diversos cursos por correspondência, era apaixonado por futebol e ganhava algum dinheiro traduzindo livros infantis do inglês.

Leo foi levado à casa de Zula por Guima em seu Fusca. Não sabia se devia ou não contar à tia sua complicada aventura. Mas não teve esse trabalho. Assim que ela abriu a porta, foi dizendo:

— Seus pais estiveram aqui ontem à noite. Que homem maldito, esse Barão!

— Titia, vou dar muito trabalho pra senhora.

— Eu já dei trabalho aos seus pais quando Gino era pequeno. O que não quero é que abra a porta. Deixe o Gino abrir. Você vai dormir no quarto dele. Pus outra cama lá.

Leo despediu-se de Guima, que lhe prometeu continuar bem atento no hotel.

Leo foi cumprimentar seu primo Gino. Sabia que ele ia ser o seu amigo naqueles dias amargos. Gino abraçou-o alegremente e tentou deixá-lo bem à vontade. Quando Zula foi para a cantina, lá pelas dez horas, o primo quis que contasse com detalhes tudo que acontecera. Em nenhum momento mostrou dúvida ou a menor descrença.

— Fiz mal em querer reconhecer o corpo do homem — disse Leo.

— Acho que não. Fez muito bem.

— Mas veja em que situação estou agora!

— Leo, a verdade é como a fumaça, sempre aparece.

— É uma boa frase.

— Li num livro, se não me engano, policial.

— Então acha mesmo que fiz bem?

— Já imaginou o susto que você deu nesse tal gordo?

— Um susto nem sempre basta.

— Mas às vezes desorienta. Aposto que ele não está dormindo muito tranquilo.

— Mais cedo ou mais tarde ele some — disse Leo.

— Não, ele não vai sumir. Não disse que vai colaborar na campanha de Natal daquelas senhoras? Se desaparecesse estaria levantando suspeitas. E é muito esperto para isso.

— Você tem razão.

— Sabe jogar xadrez?

— Um pouco.

— Então vamos jogar. Dificilmente consigo parceiro. O pessoal do Bexiga prefere damas e dominó.

Mesmo se conseguisse fixar a atenção, Leo seria derrotado nas três partidas que jogou com Gino. Numa delas, seu rei caiu em quinze lances. Noutra, perdeu a rainha logo no início.

— Já vi que é muito bom nisso.

— Você deve ser melhor que eu em corrida de duzentos metros com barreira — replicou Gino, que sempre fazia alusões engraçadas à paralisia de suas pernas.

— Você daria um campeão nesse jogo.

— Eu só não pertenço ao Clube de Xadrez porque lá não há rampas. Para quem teve paralisia infantil as escadas são piores que o Barão do 222. Creio que é a única coisa que me derrota. O resto é moleza.

Leo sentiu que a companhia de Gino era a melhor que poderia ter em momentos como aqueles. Em troca das pormenorizadas descrições que fazia do Emperor Park Hotel, estimulantes à imaginação do primo, recebia aulas práticas de inglês. Gino costumava dizer que se algum dia faltassem as traduções dos livros infantis, tentaria viver como telefonista poliglota dum grande hotel. E Leo, agora que o conhecia melhor, com aqueles olhos apertados e vivos, não duvidava que chegasse à Presidência da República, com sua cadeira de rodas, pois havia rampa no Palácio da Alvorada, em Brasília.

Gino, assíduo leitor de jornais, foi quem encontrou num vespertino uma notícia quente para Leo, ilustrada com a foto dum homem. Um detento reconhecera o desconhecido encontrado boiando no rio. Chamava-se Ramon Vargas, boliviano. A polícia em seguida confirmou a identidade, pois Ramon já estivera preso uma vez, implicado em tráfico de tóxicos. O jornal informava ainda que ele morava no Hotel Acapulco, de terceira categoria, na Rua Vitória.

— É ele, primo?

— Claro! Mas não era índio.

— Na Bolívia espanhóis e índios se misturaram muito.

— Acha que isso vai me ajudar?

Gino não se mostrou otimista.

— Não vejo em que, primo.

— O chato, Gino, é ficar aqui, com os braços cruzados, sem poder fazer nada.

— 51 —

— Tem razão, isso é chato.

— Alguém deve ter ajudado o Barão a remover o corpo para a lavanderia e depois para o rio.

— Quem sabe o tal amigo, Aníbal, que disse estar com ele no apartamento.

— Não, Gino, a pessoa que o ajudou trabalha no hotel. Um estranho não desceria o elevador com o carrinho de roupas sujas.

— Por que não descobre quem foi essa pessoa?

— Descobrir como, se não trabalho mais lá?

— O Guima pode fazer isso.

— O Guima conhece todos os funcionários do hotel. É veterano lá.

— Vamos falar com ele?

— Como?

— Logo adiante tem um orelhão. Vou telefonar pra ele, dizer do que se trata e pedir que venha aqui hoje à noite com uma lista de suspeitos.

— Você pode sair com a cadeira?

— Por que não? Não há escadas na rua. Me dê o número do telefone. Vou já.

Num minuto Gino saiu com sua cadeira de rodas como se estivesse dirigindo um veículo feito apenas para economizar gasolina. Na sua ausência, Leo entusiasmou-se com a ideia de contra-atacar. Afinal já fizera loucura em procurar o cadáver na lavanderia e em identificá-lo no Instituto Médico Legal. E estava sendo procurado pela polícia como ladrão. Piores as coisas não ficariam. O Barão que se cuidasse. Ia levar um novo susto. Ou xeque, pensou, olhando o tabuleiro de xadrez de Gino.

O primo voltou bem depressa:

— Guima vem às oito com a lista.

A LISTA

Guima compareceu pontualmente, mas a pé para que ninguém identificasse seu carro. Como tia Zula, aquela hora, ainda trabalhava na cantina, os três puderam ficar bem à vontade na sala.

— A lista não é muito grande porque já fiz alguns cortes — disse o porteiro. — Aí não tem, por exemplo, nenhum nome de mulher, pois dar uma pancada na cabeça me parece coisa de homem. Eliminei também o pessoal da cozinha e do restaurante: nunca entram em contato com os hóspedes. Cortei os que só funcionam no período noturno, já que tudo aconteceu de dia.

— Mesmo assim a lista ainda está grande — observou Gino. — Talvez possamos fazer mais cortes.

— Eu cortaria os empregados mais novos — sugeriu Leo.

— Boa ideia! — exclamou Guima, entendendo o motivo. — O Barão não se arriscaria aliciando alguém que mal conhecesse. — E imediatamente passou o lápis em quatro nomes da lista.

Gino enrugava a testa para extrair da cabeça nova sugestão. Era como fazia quando jogava xadrez.

— Tenho outro corte — anunciou.

— Qual? — Leo e Guima quiseram saber.

— Ouçam bem. O Barão não precisaria, no hotel, de um colaborador intelectual. Cabeça ele tem. Convocaria um homem de ação e provavelmente muito forte.

Guima e Leo entreolharam-se examinando a ideia. Leo foi o primeiro a aprová-la.

— Parabéns, Gino! Essa é uma boa! O que diz, Guima?

— De acordo, Gino — disse o dono da lista de lápis em punho. — Agora, sim, dá para cortar muita gente. Os mais fracos e os muito idosos.

— É como se estivéssemos fazendo um retrato falado! — entusiasmou-se Leo.

Guima ia eliminando nomes.

— Vamos pensar mais um pouco — disse Gino, lúcido e calmo. — O ideal é reduzir a lista a uns três ou quatro.

Concentraram-se num único pensamento; Guima tamborilava os dedos na mesa.

— Sabe duma coisa? — lembrou Gino. — Estamos precisando dum café. Volto logo. — E rumou com a cadeira para a cozinha.

Logo mais, tomando café, os três se sentiam mais próximos duma nova sugestão eliminatória.

— Achei! — bradou Leo.

— Vamos. Qual é?

Leo não aguentou, teve de ficar de pé.

— Essa é genial!

— Deixemos os elogios para depois — exigiu Gino. — O que você bolou?

— A pessoa que me agrediu enfiou um isqueiro no meu bolso. Isso significa o quê? Significa que ela é fumante. Guima, tire da lista os empregados que não fumam.

— Um momento — atalhou Gino. — Acha que um modesto funcionário do hotel teria um isqueiro tão valioso?

— Poderia ser presente do Barão!

Os dois admitiram que sim.

— Bem — disse Guima — não sei exatamente quais os que não fumam, mas uns três recordo com toda a certeza. — Riscou os nomes. — De qualquer forma a lista está diminuindo.

— Já vejo o perfil do homem! — exclamou Leo.

Mas o trabalho daí por diante tornou-se mais difícil. Restavam na lista dez nomes, dez enigmas.

— Agora só adivinhação — concluiu Guima.

— Nada de adivinhação — reprovou Gino. — Tudo deve ser lógico como no xadrez. Restam dez nomes? Você que conhece todos, examine um a um. Comece. Qual o primeiro desses dez eliminaria da lista?

Guima concentrou-se, tomou mais um gole de café.

— Este, por exemplo, Rubens da Silva, está no hotel desde a inauguração e sempre trabalhou em hotéis. Tem inclusive um cargo no sindicato.

— Risque — ordenou Leo. — Conheço o Rubens. Homem muito direito.

— Isso me dá outra ideia — falou Gino. — Eu eliminaria da lista todos os que já trabalhavam antes da chegada do Barão e os que sempre exerceram a profissão. Pensem bem. Acho que o Barão não se arriscaria envolvendo um estranho nessa trama toda. Seu comparsa deve ser um de seus homens e não parceiro de última hora.

À medida que Gino falava, Guima ia sacudindo a cabeça, concordando. E apanhou o lápis.

— Posso cortar o Gustavo, também empregado desde a inauguração, com mais de vinte anos de hotel. É uma dessas pessoas que morreriam se tivessem de mudar de profissão. Por outro lado, não é nada ambicioso.

— Oito — disse Leo. — Corte mais.

— Cortaria também o Bóris. É uma espécie de chefe dos camareiros. Já foi gerente de pequenos hotéis. Toda sua família se dedica ao ramo.

Leo e Gino ficaram bem calados para que o silêncio ajudasse o Guima a pensar.

O porteiro riscou mais um nome.

— Quem riscou? — perguntou Leo.

— Renato, outro típico funcionário de hotel. Acho que jamais ganhou um centavo noutra profissão. E é da turma da inauguração.

— Restam sete. Corte mais, Guima.

— Não corte apenas para diminuir a lista. Se tiver alguma dúvida sobre a pessoa, mantenha — advertiu Gino.

Guima riscou mais um nome: Aderaldo.

— Este corto somente porque é meu amigo e sei que não se meteria em coisas desonestas e perigosas.

Os três ficaram olhando para os seis nomes que haviam sobrado como se formassem um jogo de palavras cruzadas.

Leo tinha mais uma sugestão a fazer embora timidamente:

— Dos seis, quantos trabalham na lavanderia?

— Três — respondeu Guima imediatamente.

— Vamos nos concentrar nesses — disse Gino. — Afinal o corpo foi para a lavanderia. Sua ideia tem bastante lógica, Leo. A presença de alguém que trabalhasse noutro departamento chamaria muito a atenção.

— Nem tanto — atalhou Guima — os camareiros vão frequentemente ao subsolo.

— Quem são os três? — indagou Leo.

Guima foi lendo os nomes e fazendo comentários.

— Maneco, um português muito forte. Trabalha há mais de um ano na lavanderia; Luizão, um crioulo que não gosta de falar muito. E Hans, Hans é o chefe ou encarregado como dizem.

— Será que eles ou algum deles conhece o Barão?

— Não sei, Gino — respondeu Guima.

— Você conhece bem os três?

— Apenas o Alemão, é o apelido de Hans.

Gino fez uma pergunta direta:

— Qual desses tem mais cara de delinquente?

Guima balançou a cabeça, incapaz de dar uma resposta.

— Para mim são unicamente lavadores de roupa.

Houve uma longa pausa de desânimo total. A lista fora reduzida a três nomes mas a grande incógnita persistia. E nada induzia a desconfiarem mais de um do que dos outros. Leo e Guima olharam para Gino, o jogador de xadrez, de quem esperavam um lance superinteligente, mais um xeque não ao rei mas ao Barão.

— O que esses homens faziam antes de trabalharem no Park?

Guima tornou a balançar negativamente a cabeça:

— Não sei.

— Era o que gostaria de saber — disse Gino. — Você pode descobrir?

— Posso, no Departamento de Pessoal.

— Acha que dariam a informação?

— Claro que não informam, mas um dos rapazes que trabalham lá, o Danilo, é uma espécie de afilhado meu. E deve o emprego a mim. Se ele for legal, como espero, poderá dar uma olhada na ficha dos três. Crê que vai ser útil?

Gino não estava convicto mas apegava-se a uma teoria.

— O presente de um homem é narrado pelo seu passado — disse. — Isso é mais do que simples intuição.

Guima levantou-se, decidido.

— Amanhã, às mesmas horas, volto. *Ciao*.

Leo foi para a cama mais esperançoso que nas noites anteriores. Mas não dormiu logo a pensar na lista do Guima, nos três nomes que restaram e em Ângela. A impossibilidade de vê-la multiplicava seu sentimento por ela. Outro mal que o Barão lhe causara.

O NOME
QUE RESTOU NA LISTA

No dia seguinte, logo pela manhã, Leo recebeu uma visita: dona Iolanda. Ela não estava nada tranquila. A polícia tornara a aparecer na casa dos Fantini, exigindo a presença de Leo na delegacia. Seus pais diziam que ignoravam seu paradeiro quando o nono entrou em cena, cheirando a vinho, e berrou aos policiais que seu neto não era ladrão e que mesmo se soubesse onde ele estava, não revelaria. Houve um bate-boca entre os policiais e os Fantini que começou na sala de visitas e foi até a porta da rua. Alguns vizinhos, que conheciam a família há várias décadas, boa gente do Bexiga, entraram na discussão atestando em altos brados a excelente conduta de Leo, no dizer deles um dos melhores rapazes do bairro. Os policiais, sempre a exigir a presença de Leo na delegacia, e sob uma chuva de argumentos e insultos, entraram numa RP e desapareceram.

— Por isso não é bom pôr o nariz pra fora de casa — implorou dona Iolanda.

— Fique sossegada, mãe. Não saio até que tudo se esclareça.

— Você tem comido bem?

— Acha que se come mal na casa de tia Zula?

Com muitas lágrimas, dona Iolanda despediu-se de Gino e do filho, afirmando que fizera promessa ao Menino Jesus de Praga para que aquela complicação logo tivesse fim.

À tarde, enquanto jogava xadrez com Gino, Leo, já bem íntimo do primo, contou-lhe tudo sobre Ângela. Gino ouviu com o maior interesse mas logo demonstrou que nesse terreno não sabia dar conselhos. Mesmo assim opinou:

— Pode ser mais fácil pôr o Barão na cadeia do que convencer os pais dessa moça a aceitar o namoro.

Leo riu, porém sentiu que aquilo era mais que uma pilhéria e mudou de assunto.

À noite Guima apareceu. Gino já fizera o café para recebê-lo. Ele estava com boa cara, quase alegre.

— Falou com o Danilo? — foi perguntando Leo.

— Assim que cheguei — respondeu Guima. — E depois do almoço já tinha a resposta escritinha num papel.

— Vamos lá! — disse Gino, inquieto.

— Maneco, o português, é de Santos, onde trabalhou oito anos num hotel, também na lavanderia. Luizão, o mulato, veio do Sul de Minas. Trabalhava em postos de gasolina. E Hans era lutador de judô e luta-livre. Essas marmeladas da televisão. Aí está o currículo dos três.

Gino voltou-se para Leo com um brilho nos olhos.

— Leo, você tem ideia do que usaram quando o puseram a nocaute?

— Não tenho a menor ideia.

— Teria sido um golpe a mão livre? Qualquer pedaço de pau ou instrumento deixaria um galo na cabeça, não é verdade? E, depois, o agressor não estaria à sua espera. Provavelmente foi surpreendido com você na tal saleta.

Leo e Guima concordavam a cada palavra que Gino dizia. O raciocínio do jogador de xadrez funcionara. O desmaio fora obra dum faixa preta. Quem sabe um profissional do judô ou de luta livre.

— Acho que é o homem — disse Leo em voz baixa.

— Hans Franz Muller.

— Gino, você é fabuloso! — exclamou Leo, abraçando o primo.

— Obrigado! Hans é o parceiro ou assecla do Barão. E agora?

Guima, que evidentemente não era jogador de xadrez, disse a primeira coisa que lhe surgiu à cabeça:

— Vamos avisar a polícia.

— Mas que provas nós temos contra Hans? — replicou Gino. — Ter feito lutas de marmelada em circos e na televisão não é crime. Pode ser até que tenha um passado limpo. Avisar a polícia seria mover errado uma peça do tabuleiro.

— Então vamos continuar com os braços cruzados? — disse Leo, lastimoso.

— Acho que não há nenhuma coisa certa que se possa fazer — admitiu Gino movimentando sua cadeira de rodas. — A não ser dar outro xequezinho no Barão. Não um xeque-mate, ainda, mas desses que assustam e desorientam.

— Não sei jogar xadrez — disse Guima — e portanto não entendo essa linguagem.

— Acho que entendi, primo. Um xeque por tabela, ameaçando outra peça como o cavalo, o bispo ou a torre. Às vezes o adversário entra em pânico e começa a fazer besteira. É o que acontece comigo quando jogo com você, mestre. Basta ver uma peça em perigo para meter os pés pelas mãos.

— Continuo não entendendo nada — declarou Guima.

— Vamos apertar o Hans.

— Apertar, como? — quis saber o porteiro, incrédulo.

— Já tenho um plano.

— Vamos ouvir — disse Gino.

— Mas esse plano vai me obrigar a sair daqui por algumas horas. E tia Zula e minha mãe não podem saber disso.

— Pelo amor de Deus, cuidado — implorou Guima.

— Qual é o plano? — perguntou Gino, excitado.

— Em primeiro lugar vou precisar duma lista telefônica.

— Para onde quer telefonar? — quis saber Guima.

— Para nenhum lugar. Quero é um endereço. Vamos contra-atacar, primo.

OS FABRICANTES DE MARMELADA

No tablado, King Kong tentava estrangular o Conde Drácula. King Kong era um macacão peludo, de quase dois metros de altura, e o Conde Drácula, embora não tivesse o mesmo porte, era uma ameaça constante com aqueles dois caninos que injetavam a maldição do vampirismo. Para evitar a inoculação, King Kong passou a usar a corda do ringue, optando pela morte por enforcamento.

Outros lutadores, inclusive o Super-Homem e o Tarzã, passeavam pela academia, indiferentes. O terrível Fantomas, encostado a uma parede, bebia pelo gargalo uma garrafa de refrigerante. O único que prestava atenção ao treino era o empresário, Mister Sandman, antigo pseudônimo de um homem de brasileiríssima fisionomia.

O elegante Conde Drácula, com seu grave problema dentário, em vão tentava morder o macacão que o estrangulava com as cordas. Mas o perigo mortal que ameaçava os dois lutadores em nenhum momento chegava a interessar os ocasionais espectadores. Por fim, a um sinal de Mister Sandman, a luta teve fim.

Vendo o empresário livre, Leo aproximou-se:

— Mister Sandman! — chamou.

— O que você quer, ingresso grátis? Se for isso, desista. Não damos mais ingressos nem para cegos.

Leo registrou logo que não estava diante dum perfeito cavalheiro e portanto precisava ser hábil.

— Faz muito bem. Meu pai é pianista e não toca de graça nem em festinhas de Natal.

— Bem, o que você quer, garotão?

— É sobre o Hans. Hans Franz Muller. Estive numa academia e me disseram que já trabalhou para o senhor.

— O Alemão? Já trabalhou. Fazia o Frankenstein, o Zombie e foi o melhor Drácula que já tive. Só tinha um problema com ele, machucava demais os colegas. Não tinha muito senso de humor.

— Onde Hans está agora?

— Ele largou a profissão dum momento para outro. Até pagou multa contratual. Mas nunca disse no que se meteu.

— O senhor não o viu mais?

— Hans? Claro que sim. Está sempre aqui. Vem treinar, luta com os rapazes. É meio loucão, mas boa-praça. Sábado com certeza ele aparece mais ou menos no fim da tarde.

— Não sei se poderei vir mas gostaria de deixar um recado.

— Eu não tenho boa cabeça para recados — disse o empresário. — Lá, naquela sala, tem uma moça. Deixe por escrito.

Leo despediu-se, agradeceu e dirigiu-se à sala com suas paredes cobertas de retratos de lutadores. Uma moça fumava diante duma decrépita máquina de escrever.

— A senhorita conhece o Alemão, não?

— Conheço.

— Quero deixar um recado para ele. Anote, por favor. É importante. — Esperou a moça pôr um pedaço de papel na máquina e ditou: "Caro Hans:" (Mas não tinha ainda ideia alguma do que ditaria). A secretária esperava. O Conde Drácula, já sem os caninos, ia entrar na sala. Repetiu: "Caro Hans, diga ao nosso amigo Barão que o rapaz do hotel está na pista. Ramon Vargas".

Assim que a moça acabou de bater o recado à máquina, Leo saiu da academia, mas apesar do tom jocoso do ditado não conseguia rir. Imaginou a surpresa em duas caras, na de Hans e do Barão. O que eles fariam, diante da mensagem do cadáver?

Essa pergunta, ao voltar, Leo levou para Gino.

— O que eles vão fazer?

O enxadrista pensou, pensou e respondeu:

— Vão rezar para que você não caia nas mãos da polícia. Algum delegado pode acreditar em sua história e aí seria o fim deles. Por isso tenha mais cuidado agora.

— Por que, primo?

— Eles poderão tentar contra sua vida antes que a polícia lhe dê crédito.

Leo pensara em tudo menos em que sua vida pudesse correr perigo.

— Não sou tão importante assim para que me matem.

— Leo, a esta altura do campeonato, você deixou de ser um simples peão para ser um bispo ou uma torre. Cuidado!

ALGUÉM ESTEVE NO APARTAMENTO DE GUIMA

Na segunda-feira à noite, Guima apareceu na casa de tia Zula, pálido. Como Leo e Gino não esperavam por ele, logo perceberam que havia novidade.

— Hans recebeu o recado da academia — disse o porteiro.

— Como você sabe? — perguntou Leo.

— Alguém esteve no meu apartamento — declarou Guima sentando-se como se as pernas não pudessem suportar o peso do corpo. — A porta foi forçada com um pé de cabra.

Gino não se surpreendeu.

— Deve ter sido simples assalto.

— Nada foi roubado — esclareceu Guima. — Teria sido fácil levar meu televisor portátil, já que não guardo dinheiro no apartamento.

— Viram algum estranho entrar?

— Você conhece meu prédio, Leo. Três andares, sem porteiro. Qualquer pessoa entra. Mesmo assim nunca houve assaltos.

Leo não aceitava a suspeita de Guima.

— Acha que Hans esperava me encontrar?

— Isso não é tão absurdo. A prova disso é que esteve escondido lá. No hotel todos sabem que somos velhos amigos de família. Era um esconderijo provável.

Leo olhou para Gino à espera de que o enxadrista desse sua opinião, que, como sempre, foi lenta, segura e refletida.

— Evidentemente não foi assalto — disse ele. — Ladrões sempre roubam alguma coisa. Para mim estiveram à sua procura, Leo, ou apenas quiseram responder ao recado. Você lhes deu um susto e eles repicaram. Como na luta de boxe quando os pugilistas somente ensaiam golpes.

Guima concordou, pondo-se de pé:

— Cutucar onça com vara curta é perigoso — concluiu. — Vamos parar com essa brincadeira. Leo, esqueça o Barão e o Hans.

Se estão metidos em contrabando, como devem estar, mais cedo ou mais tarde cairão nas malhas da polícia. Dê tempo ao tempo.

— Enquanto isso fico aqui, preso, dando trabalho à tia Zula?

— Você não nos dá trabalho — atalhou Gino.

— Podemos arranjar outro esconderijo. Um amigo meu tem um sítio. Bom lugar para umas férias.

— Obrigado, Guima. Você é um camaradão. Vou pensar.

Guima saiu e os primos ficaram conversando até muito depois de tia Zula chegar da cantina. O perigo que poderia estar correndo não era para Leo uma sensação agradável. E se descobrissem que estava escondido a menos de um quilômetro de sua casa? Não apenas sua vida estaria ameaçada como também as de Zula e Gino.

Leo e Gino tomavam café com leite na cozinha, sob o sol que entrava pela janela, quando disse ao primo:

— Preciso dar um telefonema.

— Para quem?

— Para o delegado Arruda. Precisa saber da ligação que existe entre Hans e o Barão. Se o Alemão tiver passagem pela polícia, vai se complicar.

— Deixe, eu faço isso.

— Não, primo, é trabalho que eu mesmo quero fazer.

— Você não deve sair de casa.

— Vou só até o orelhão.

Gino, enquanto passava manteiga no pão, aperfeiçoou a ideia.

— Está certo, vá, mas disfarçado.

— Disfarçado, como?

— Tenho duas cadeiras de roda. Sabe dirigir esse veículo? Sempre uso um boné quando saio. Leve. E use meus óculos de sol. Se Hans estiver por aqui não o reconhecerá.

Leo hesitou, julgando a cautela exagerada, mas assim que tia Zula foi para o trabalho, pôs o boné e os óculos escuros de Gino e treinou o manejo da cadeira de rodas no corredor.

— Você mudou de cara — disse Gino. — Vá sossegado.

Leo, já na rua, movendo as rodas da cadeira, sentiu-se mais suspeito com o disfarce do que se sentiria sem ele, com a impressão de

que todos descobriam nele um falso paraplégico. Evitando cruzar olhares, e fazendo um esforço físico maior do que o suposto, foi chegando ao orelhão. Precisava fazer duas ligações: uma para pedir informações e outra para o delegado.

A segunda foi mais rápida que a primeira.

— Quero falar com o doutor Arruda. Diga que é o Leonardo Fantini, o rapaz do Emperor Park Hotel.

Momentos depois o delegado atendia.

— Pode falar, garoto. É o Arruda.

— Doutor, acho que sei quem matou Ramon Vargas. Chama-se Hans e trabalha no hotel, na lavanderia. Hans Franz Muller.

— Como é que soube disso?

— Hans foi lutador profissional e a pessoa que me agrediu era muito forte. Veja os antecedentes dele, doutor. Vai encontrar alguma coisa.

— Escute aqui, garoto, nenhum hotel de classe aceita empregados com passagem pela polícia. Vejo que continua querendo envolver outras pessoas para se safar. Crie juízo e compareça à delegacia. É o melhor que tem a fazer, principalmente se é inocente.

— Não vai então verificar a ficha? O nome é Hans Franz Muller — repetiu.

— Já tomei nota. Mas o que me preocupa é você. Converse com seus pais, aconselhe-se e venha até aqui. Se continuar escondido se comprometerá muito mais.

— Vou pensar — disse Leo, sem saber o que dizer, e desligou.

Ao voltar para a casa de tia Zula, Leo observou que por mais que se esforçasse a cadeira mal se movia, como sucede nos pesadelos. Então aconteceu uma surpresa. Uma pessoa muito conhecida ultrapassou-o, brilhando ao sol, em passos rápidos e elegantes, perfumada e fresca como se tivesse saído do banho: Ângela. Sentindo um impacto no coração, Leo deu mais ação à cadeira de rodas, seguindo-a a alguma distância, sempre a olhá-la, e tão atraído por ela que passou da casa de tia Zula. Depois, quando Ângela atravessou a rua, fez meia-volta, amargurado por causa do telefonema que não dera certo e por ter visto a quase namorada naquelas tristes circunstâncias.

— Gostou do veículo? — perguntou Gino, sorrindo, com aquele bom humor que costumava enfrentar a vida.

— Não corre como um Fórmula 1, mas é bom.

— Telefonou?

— O doutor Arruda não acreditou. Disse que nenhuma pessoa com antecedentes criminais consegue emprego num cinco estrelas.

— Isso deve ser verdade. Por outro lado, se está lá por indicação do Barão, ele não ia se arriscar se Hans tivesse uma folha suja.

— Mas ainda tenho esperanças. Tomou nota do nome de Hans. Certamente vai averiguar alguma coisa.

— O que mais o delegado disse?

— Pediu que me entregasse. Respondi que ia pensar.

— Mas nessa saída — acrescentou Leo — aconteceu outro fato que me abalou mais que o telefonema.

— O que, primo?

— Ângela passou por mim na rua.

— Ela viu você?

— Por sorte não me reconheceu — disse Leo tirando o boné e os óculos escuros.

— Como vê, o disfarce era de primeira — brincou Gino tentando extrair um sorriso de Leo. Mas não conseguiu. O primo estava muito azedo.

GUIMA E HANS NA DELEGACIA

O homem louro, alto e sardentão que estava na sala do doutor Arruda, de camisa esporte e grandes braços nus, era Hans Franz Muller. Ele parecia calmo até demais, e apenas o cigarro entre os dedos nicotinizados podiam dar alguma impressão de nervosismo. O homem robusto e simpaticão, já nosso conhecido, era o Guima. Um parecia não tomar conhecimento da presença do outro, embora sentados a pequena distância.

Doutor Arruda dirigiu-se primeiramente a Hans.

— Chamei vocês dois aqui, ao mesmo tempo, porque estão ligados ao mesmo caso, o daquele ladrãozinho no Emperor Park Hotel. Conheceu ele, senhor Hans?

— Apenas de vista.

— Alguma vez ele manifestou algum sentimento contra o senhor?

— Nunca.

Doutor Arruda fez um intervalo preparatório para outra pergunta:

— Conhece o senhor Oto Barcelos?

— Não é o que chamam de Barão?

— Esse mesmo.

— Todos o conhecem no hotel. Vejo-o sempre.

Novo intervalo que o delegado aproveitou para acender um cigarro.

— Esse garoto, Leonardo, telefonou procurando implicá-lo no assassinato dum traficante chamado Ramon Vargas. Conheceu Ramon Vargas?

— Não, senhor.

— Imagina por que o rapazinho quer envolvê-lo nesse crime?

Hans respondeu imediatamente e sem reações faciais, como sempre.

— Não.

— O senhor já foi vítima de algum roubo no hotel?

— Já, me roubaram um relógio, mas não sei quem foi.

— Teria sido o *bellboy*?

— Não sei.

— Pode ir e obrigado.

Quando Hans se retirou, o delegado dirigiu-se a Guima:

— Já sabemos que foi o senhor quem arranjou o emprego para Leo no hotel e que é amigo da família. Esse garoto está indo além dos limites. Telefonou para cá acusando Hans de homicídio. Um homem que nunca teve passagem pela polícia. Isso me leva a crer que é doido. Está precisando de cuidados médicos urgentes. O senhor o tem visto?

— Sim, eu o vi depois que foi despedido do hotel.

— Sabe onde está agora?

— Não.

— Gostaria que nos ajudasse descobrir onde está. Nossa intenção é mais de reeducá-lo do que de castigá-lo. Pode cooperar?

— Se souber dele, aviso.

— Obrigado.

Guima não se moveu.

— Doutor, eu queria lhe dizer que Leonardo sempre foi um rapaz exemplar. Nunca fez nada errado.

— Acredito, mas acusar duas pessoas de crime de morte não me parece coisa de gente sensata. Um homem por todos admirado, como Oto Barcelos, e alguém que só conhecia de vista. E o que me diz do roubo do isqueiro?

— Leo não roubou, não é ladrão.

— Mas o isqueiro foi encontrado em seu bolso.

— Alguém colocou.

— Vejo que o garoto conseguiu convencê-lo. O senhor quer ajudá-lo. Mas faria melhor se o trouxesse até aqui. Bom dia, seu Guima.

Guima ia saindo mas ainda não saiu desta vez.

— Doutor, não acha estranho que um lutador de luta livre, como Hans Franz Muller, que ganhava bom dinheiro, duma hora para outra fosse trabalhar na lavanderia dum hotel?

— Eu não acho estranho.

— Ele tinha alguma fama como lutador, eu o vi sempre na televisão.

— Pode ter se cansado.

— O senhor não acha que ele só trocaria as lutas por algo mais rendoso?

— Isso nem sempre é possível.

— Doutor, outro dia assaltaram meu apartamento na Bela Vista. Tenho a impressão de que estavam à procura de Leonardo, pois nada foi roubado.

— O seu amiguinho se sente ameaçado? — perguntou o delegado com um sorriso irônico.

— Receio que sim.

— Então, ele que nos procure. Conosco estará mais seguro. Bom dia!

Guima ia saindo mas fez mais outra pergunta:

— O senhor sabe como seu Oto enriqueceu?

— Sei, sim. Foi um grande corretor de imóveis no passado e ainda negocia — respondeu o delegado como se a pergunta fosse absurda.

Guima não disse mais nada e retirou-se. Estava deprimido e não imaginava como Leo escaparia daquela enrascada.

NO ESTRANHO HOTEL ACAPULCO

Ciente da ida de Guima e de Hans à delegacia, Leo caiu em desânimo e já nem conseguia jogar xadrez com o primo. Às vezes o porteiro do Park aparecia, sem novidades. Recebia também cautelosas visitas dos pais e do nono. Dona Iolanda, amargurada, chegava a preferir que o filho se entregasse ao delegado a viver escondido, opinião que Rafa e o velho Pascoal rebatiam.

Numa tarde, em que Leo inventava pretextos para sair à rua, saiu-se com esta:

— Gino, vou dar um pulo no hotel onde Ramon Vargas estava hospedado quando morreu.

— Lembra-se do nome do hotel?

— Lembro, é um estabelecimento de terceira, na Vitória.

— Qual é a ideia?

— Levantar alguma ligação entre Ramon e Hans. Se pertenciam à mesma quadrilha é possível que Hans o visitasse.

— A polícia deve ter estado por lá.

— Claro que sim, mas ela não estabelece nenhum elo entre Ramon e o Alemão.

— É uma ideia perigosa mas parece que gosta delas. Pena que não pode ir de cadeira de rodas. Mas vá ao menos de óculos escuros.

Leo foi ao hotel de táxi. Chamava-se Acapulco e à entrada havia muitos vasos com folhagens. Alguns hóspedes estavam sentados numa espécie de sala de espera, uns de bermudas, outros de calções baratos. Devia ser um hotel-residência para a maioria dos hóspedes que se movimentava muito à vontade. Viu um corredor de cimento ladeado de portas verdes pelo qual circulava um homem vestido de branco, embriagado. Tanto da sala quanto do corredor, ouviu palavras em castelhano, que parecia ser o idioma oficial do hotel.

Leo aproximou-se da portaria onde um homem de meia-idade, sentado, ouvia num rádio de pilha uma partida de futebol.

— Boa tarde! — cumprimentou.

— Não temos vaga — respondeu sem tirar o rádio do ouvido.

— Queria uma informação — disse Leo. — Aqui que morava Ramon Vargas?

O homem ouviu o nome de Ramon, hesitou e respondeu:

— Era.

— Ele não deixou algum pacote para Hans Franz Muller?

— Quem é você? — perguntou o porteiro, inquieto.

— Foi Hans que me mandou. O senhor o conhece, não?

O homem fez sinal com a mão para outro que estava na sala de espera. Este, de bermudas, moreno escuro, arrastando chinelas, aproximou-se.

— Esse rapaz veio mandado por Hans. Quer um pacote que pertencia a Ramon.

O novo personagem, que devia ser dono do Acapulco, olhou Leo dos pés à cabeça.

— Que pacote?

— Não sei.

— Hans sabe que Ramon não deixou pacote algum. O que ele tinha a polícia levou.

— Mas ele disse que o pacote está aqui no hotel — insistiu Leo.

— Esta semana ele apareceu e não pediu pacote algum — disse o homem de bermudas, irritado. — Aliás, Hans sabe que não transo mais com os negócios deles.

— Está certo — disse Leo. — Mas o que quero é que ele saiba que estive aqui, senão é capaz até de me matar. O senhor deve saber como ele é. Vou deixar meu nome — acrescentou, pegando uma esferográfica sobre o balcão. E escreveu: Leonardo Fantini. — Vou pôr também o telefone do Emperor Park Hotel. Por favor, ligue para ele e diga que estive aqui. O Alemão pode pensar que fugi com o pacote. Está desesperado à procura dele.

— Vou ligar, sim — disse o proprietário do Acapulco. — E aproveitarei para lhe pedir que não me envolva mais nos seus... pacotes.

— Obrigado, senhor. Eu não quero aparecer um dia boiando no Rio Tietê.

Enquanto o homem de bermudas e o porteiro se entreolhavam, Leo voltou as costas e ganhou a rua. Um minuto depois apanhava um táxi.

— Puxa! Sensacional! — exclamou Gino, quase batendo palmas. — Você conseguiu provar que Hans e Ramon se conheciam.

— Consegui, mas não tenha muitas ilusões. Hans vai pedir ao dono do Acapulco para que negue esse relacionamento.

— Isso se o dono do hotel estiver disposto a ajudá-lo.

— Pode ser que não esteja — disse Leo. — De qualquer forma vou escrever ao doutor Arruda informando que Hans e Ramon Vargas se conheciam. E vou fazer isto já.

— Tem uma caixa postal aí na esquina.

— Não, vou pedir à tia Zula para levar a carta a meu pai com um recado para que ele a deixe ainda hoje à noite na delegacia. Temos que agir antes que Hans aja.

— Mais um xeque ao Barão.

À noite, quando tia Zula chegou da cantina, Leo deu-lhe a carta e o recado, lacônico e urgente: "Papai, deixe esta carta na delegacia hoje mesmo".

Mais animado, Leo até convidou o primo para uma partida de xadrez. Sabia que o doutor Arruda, embora não acreditasse nele, tomaria alguma providência, Imediatamente iria ao Acapulco e talvez seu proprietário ou o porteiro acusassem Hans. Mesmo se o

Alemão pedisse ou suplicasse para não abrirem o bico. Era uma nova esperança.

A noite passou lentamente como também a manhã do dia seguinte. Lá pelo meio-dia tocaram a campainha. Gino foi atender. Era Rafa, o pai de Leo, com uma cara estranha.

— Pai! — exclamou o rapaz. — Não levou a carta ao delegado?

— Levei — respondeu Rafa. — E levei pessoalmente.

— Não devia ter feito isso, velho.

— Calma, não disse ao doutor Arruda onde você está.

— E o que aconteceu, pai?

— Doutor Arruda leu a carta e, como já era tarde, me pediu que voltasse hoje bem cedo. E eu às nove horas já estava lá. Então eu, o delegado e um detetive chamado Lima, fomos ao tal hotel Acapulco, na Rua Vitória. "Vamos ver se desta vez seu filho está falando a verdade", ele disse. Ao chegarmos, ele mandou chamar o proprietário, um tal de Ramirez:

"— Ontem esteve aqui um rapaz chamado Leonardo Fantini? — perguntou o delegado.

— Esteve, sim.

— O que veio fazer?

— Perguntou se esteve hospedado aqui Ramon Vargas, o tal que foi encontrado morto no rio.

— E o que mais ele quis saber?

— Se Ramon recebia visita dum tal Hans.

— O senhor conhece esse Hans? Hans Franz Muller?

— Não, senhor.

— O apelido dele é Alemão.

— Eu disse ao rapaz que não conheci nenhum Hans. Não lembro de nenhuma pessoa com esse nome ter procurado Ramon.

— Quero falar com seu porteiro.

O porteiro estava nas proximidades.

— O rapaz também me fez a mesma pergunta — disse ele. — Não conheci nenhum Hans por aqui."

— Imagine a cara que eu fiquei! — exclamou Rafa.

— Papai, eles mentiram!

— Certamente receberam dinheiro de Hans — bradou Gino.

— Mas o delegado acreditou neles — declarou Rafa.

— E disse que você está sofrendo das faculdades mentais, meu filho. E que por isso mesmo será tratado com cuidados especiais quando se apresentar.

Leo baixou a cabeça, irritado.

— Eles foram subornados.

— Você não pode lutar sozinho contra uma quadrilha, Leo. Começo a concordar com sua mãe. Talvez o certo seja mesmo comparecer à delegacia. Arranjo um advogado.

— A polícia continuará não acreditando em mim — disse Leo. — E será uma vitória para o Barão. Agora pode ir, pai. Obrigado.

Rafa apertou a mão do filho.

— Você está fazendo falta na feira.

Quando Rafa saiu Leo começou a dar murros no ar.

— Viu o que houve, Gino?

— O Barão foi ligeiro. Deve ter dado dinheiro para Hans subornar os dois.

— O homem é muito esperto.

— Não desanime, primo. Ele levou outro xeque. Conseguiu escapar com o rei, mas um xeque sempre assusta.

— Ele já deve saber que não vou desistir.

— E não vai mesmo? — perguntou Gino com uma crescente admiração pelo primo.

Leo respondeu imediatamente:

— NÃO! SÓ PARO SE ME MATAREM.

Gino tocou no tabuleiro de xadrez.

— Vamos ensaiar um novo xeque?

A NOTÍCIA QUE NÃO SAIU PUBLICADA

À noite Guima apareceu na casa de tia Zula. Ao saber da ida de Leo ao Hotel Acapulco, e de suas consequências, disse:

— Então foi por isso que o Barão estava tão nervoso.

— Conte isso — pediu Leo, entusiasmado.

— Ontem à tarde vi o Barão sair correndo do hotel com um talão de cheques na mão. Àquela hora os bancos já estão fechados e de fato logo depois voltava ainda mais irritado. Certamente não conseguiu descontar o cheque. Então parece que teve uma ideia e foi à Casa de Câmbio do Park onde trocou dólares por cruzeiros. Aí tornou a sair, sempre apressado, suando e resfolegando como um cachorro sedento. Sem pedir licença a ninguém, fui à lavanderia, Hans não estava lá. Soube que tinha saído.

— Certamente foi encontrar o Barão — disse Leo.

— Sem a menor dúvida — concordou Guima.

— O rei dele balançou — comentou Gino em sua linguagem enxadrística.

— Ele demorou muito? — perguntou Leo.

— Menos de uma hora — respondeu Guima. — Antes de subir para o 222 passou pela telefonista. Estava esperando um chamado importante.

— Com toda a certeza de Hans.

— É o que suponho, Leo.

— Mais um empurrãozinho talvez o rei caia — disse Gino, movimentando a cadeira de rodas, como sempre fazia, à procura de espaço, quando se sentia feliz.

Algum tempo depois tia Zula voltava com uma pizza *mezza* aliche *mezza* mussarela, muito cheirosa, como se adivinhasse que havia visita. Foi buscar uma garrafa de vinho de sua pequena adega e teve início uma ceia maravilhosa. Falou-se, como não podia deixar de ser, no Barão e em Hans, e para surpresa do grupo, a pequena Zula era de opinião que Leo devia continuar a luta, muito satisfeita com o apoio que Gino lhe estava dando. Foi nesse ambiente descontraído, de boca cheia e um pouco de vinho, bem à maneira da Bela Vista, que surgiu outra ideia para perturbar a vida do Barão.

Naquela noite, assim que saiu da casa de tia Zula, Guima levou uma carta de Leonardo Fantini a um jornal vespertino, especializado

em noticiário policial, na qual se referia ao possível relacionamento entre o proprietário do Hotel Acapulco, senhor Ramirez, com pessoas que teriam assassinado Ramon Vargas. A carta falava em suborno praticado por figurão da sociedade mas não mencionava os nomes do Barão e de Hans. Dessa forma, Leo pretendia interessar a imprensa no caso, o que talvez causasse uma fuga suspeita de Ramirez e do porteiro do seu hoteleco.

Guima, porém, não subiu até a redação para entregar a carta. Deixou-a na portaria, endereçada ao redator-chefe, e afastou-se bem depressa em seu Fusca. Sabia que tinha entregue uma bomba, mas ignorava se ela explodiria ou não.

O dia seguinte foi duma espera nervosa para todos; Leo e Gino em casa, Zula na cantina, Guima no hotel e Rafa na oficina. Às três da tarde, Gino em sua cadeira foi à esquina comprar o jornal. Mas todos, cada um em seu ambiente, sofreu sua decepção. O jornal não publicou a carta de Leonardo Fantini.

— Por que será? — perguntou Leo.

— Acho que o jornal mandou a carta à polícia para saber se havia naquilo alguma verdade.

— E disseram que sou um mentiroso.

Gino sabia sorrir duma forma que o animava.

— O jornal não publicou hoje mas pode publicar amanhã.

— O que queria saber — disse Leo — é se o Barão e Hans tiveram notícia da carta.

— Aí seria outro xeque.

— Acha possível que eles ficaram sabendo?

— Bem, pode ser que algum repórter primeiro foi ao Acapulco e depois à polícia. Nesse caso, o dono do hotel se comunicaria imediatamente com Hans.

Leo deu um soco na mesa:

— Pagaria para saber isso.

— O senhor vai saber — garantiu Gino com um caricato sotaque alemão.

— Ah, você além de tudo é imitador?

— Imito alemão, japonês, pássaros, trens e edifícios pegando fogo. Tem o telefone do Acapulco aí?

— Tenho.

— Vou telefonar para Ramirez.

Novamente Gino, o elétrico, saiu em sua cadeira, empolgado pela aventura que estava vivendo. Pela janela, Leo viu-o deslizar em seu veículo veloz como se numa pista de gelo. Se não houvesse escadas e desníveis, a cidade toda com rampas, nas ruas e edifícios, ele, mesmo paralítico, seria mais rápido que qualquer pessoa.

Dez minutos depois, Gino voltava.

— Falei com Ramirez.

— Conte, primo.

— Acho que foi o cara da portaria que atendeu:

"— Quero falar com o Ramirez, diga que é o Hans" — disse. Parece que vi o susto que o sujeitinho levou. Mas Ramirez logo atendeu.

"— O que você quer desta vez, Hans? Primeiro vem a polícia, depois dois repórteres. Quando vamos parar com isso?

— Não se queixe, você foi bem pago.

— Aconteceu alguma coisa?

— Quero saber como você se portou com o pessoal do jornal?

— Acho que bem. Só sei que não saiu nada publicado.

— Era só isso. Boa tarde, Ramirez.

— Veja se me esquece. Não quero ter complicações com a polícia por sua causa."

Aí Gino (Hans) desligou e voltou para casa.

— Então houve mesmo suborno — disse Leo.

— E a notícia não saiu no jornal porque os repórteres passaram antes pela polícia. Deve ser norma nesses casos. E a polícia informou que há um garoto fazendo brincadeiras nessa história do Ramon Vargas.

— Foi isso — admitiu inteiramente Leo, abatido.

— Mas não faça essa cara, primo. A intenção era dar mais um xeque no Barão e em Hans. E você conseguiu.

— Nós conseguimos. Pena que não gravamos a conversa telefônica.

— Já ouvi dizer que gravação não põe ninguém na cadeia. É prova que se pode forjar.

— Também ouvi dizer isso — concordou Leo.

— Vamos jogar xadrez. É um jogo que inspira a gente. Obriga os miolos a funcionar.

— É uma pena que não teremos a imprensa do nosso lado.

— Jornalistas descobrindo crimes de mortes e combatendo quadrilhas perigosas só no cinema — lamentou Gino dispondo as pedras no tabuleiro.

Ao anoitecer Rafa apareceu na casa de tia Zula.

— Não deu certo o plano — disse-lhe o filho.

— Talvez tenha dado.

— Por que diz isso, pai?

— Apareceu uma repórter em casa.

— O que ela queria? — admirou-se Leo, trocando olhares entusiasmados com Gino.

— Ter um encontro com você.

— Mas o senhor não disse onde estou.

— Ela foi discreta, nem quis saber.

— Conte, papai, como foi tudo. Lembre-se bem das palavras. São importantes.

— Isso faz menos de uma hora. Eu tinha lido o jornal e estava aborrecido por não ter saído nenhuma notícia. Então tocaram a campainha e fui atender. Estava na porta uma moça loura e bem vestida.

"— Posso falar um minuto com o senhor? É sobre Leonardo."

— Fiz com que entrasse na sala.

"— Bem, pode falar.

— Sou do jornal e li a carta que ele mandou.

— Por que não tomaram conhecimento da carta?

— Um doutor Arruda disse que seu filho não passa dum doente mental. E o jornal não pode se arriscar envolvendo pessoas e estabelecimentos baseado numa simples carta. Entende?

— Entendo.

— Mas eu acreditei no seu filho. Sou especializada em reportagens sobre contrabando e tráfico de drogas. E aqui estou.

— Quer falar com Leo?

— Quero.

— Não direi onde ele está.

— E nem quero saber: guarde segredo. Prefiro ter um encontro com ele bem longe.

— Onde devo levá-lo?

— É melhor ele ir só. Esse negócio é perigoso para mim também. Leo pode ser preso e eu perder o emprego.

— Quando seria o encontro?

— Amanhã. Digamos às oito.

— Onde?

— Diante do jornal onde trabalho, na Alameda Barão de Limeira. Eu passo num carro.

— Que marca é o carro?

— Provavelmente um Fusca. Isso não é importante. Eu o descubro se ele estiver na porta nesse horário. O senhor dá o recado?

— Darei, mas não garanto que ele vá.

— Espero que vá. Será bom para ele."

— Foi tudo — disse Rafa.

— Como é o nome dela? — perguntou Gino.

— Diabo! Me esqueci de perguntar.

— Não faz mal, pai.

— Você vai?

Leo lançou um olhar longo para Gino.

— Vamos pensar — disse o primo.

— Obrigado, pai, pelo recado. Eu e Gino estudaremos o caso. Não se preocupe.

Quando Rafa saiu, Leo e Gino, como se tivessem combinado, controlaram o entusiasmo.

— O que diz, primo?

— Parece que é o que estávamos querendo, não? O apoio da imprensa. Estávamos sozinhos demais nessa luta.

— Quem sabe desta vez seja xeque-mate?

— Vamos ver. Mas foi uma pena o tio não ter perguntado o nome da moça. É sempre prudente saber com quem se anda.

A JOVEM LOURA DO CORCEL MARROM

Leo levantou cedo e enquanto tomava café o primo Gino espiava à janela. Caminho livre: podia ir. Tomou um táxi na esquina e rumou para a Alameda Barão de Limeira. Diante do jornal desceu, à espera da moça. Poucas vezes saíra de casa naquelas semanas o que o fazia sentir-se como se convalescesse de alguma doença. Mas, apesar da indisposição física, estava alegre com a conquista dum aliado talvez poderoso.

Ouviu uma buzina e viu um velho Corcel marrom, parado, com uma jovem loura, bem-vestida, ao volante. Ela não viera de Fusca, mudança que devia fazer parte de suas precauções.

— Você é o Leonardo? — perguntou a jornalista, sorridente.

— Sou.

— Eu sou Vivian — disse a moça. — Entre.

Leo notou algum sotaque estrangeiro em sua voz. Assim que se sentou ao seu lado, como Vivian agia com muita naturalidade, fez uma pergunta espontânea.

— Você é argentina?

— Já morei na Argentina mas sou brasileira.

— Onde estamos indo? — perguntou.

— Vou levá-lo a pessoas que poderão ajudar você. Mas antes quero saber de tudo. Não sou da polícia, para mim não precisa esconder nada.

— Não tenho nada a esconder.

— *Bueno.*

— O que você quer saber?

— Disse você que *hay una persona* da sociedade metida nesse caso mas não revelou *lo nombre.*

— Não quis fazer acusações por escrito sem provas. Mas espero obtê-las, se você me ajudar.

— Conte comigo, *muchacho*. Mas quem é o homem?

— Para você direi porque já disse inclusive à polícia. O nome é Oto Barcelos, apelidado o Barão, e é hóspede-residente do Emperor Park Hotel, onde eu trabalhava.

— O que ele fez?

— Matou um traficante boliviano chamado Ramon Vargas em seu apartamento.

— A polícia pediu para o jornal não publicar nada porque você é um mentiroso. Como sabe que o Barão matou o tal de Vargas?

— Porque vi Ramon debaixo de sua cama. E ele, o Barão, estava com uma mancha de sangue no robe. No dia seguinte encontrei o corpo do boliviano num carrinho para transporte de roupa na lavanderia do hotel. Mas não pude fazer nada porque Hans me atacou pelas costas e quando acordei o cadáver não estava mais lá.

— Quem é Hans? — perguntou a moça dirigindo quase sem olhar para Leo e aproveitando bem todos os espaços livres do trânsito.

— Um ex-lutador da lavanderia do Park e que está a serviço do Barão.

— Quer dizer que a polícia não acredita em você.

— Não, porque o Barão é homem rico e caridoso. Todos o admiram.

— Sabe qual é o negócio desse homem?

— Contrabando, suponho.

— Contrabando de quê?

— Não sei.

— Pode ter matado um homem sem ser contrabandista.

— Se contratou Hans e o levou para o hotel é porque faz alguma coisa escusa. É provável que tenha outros comandados. Talvez Ramon Vargas fosse um deles, já que transava com Hans. Para mim é o chefe duma quadrilha.

— É possível — disse Vivian, aereamente.

— Qual é seu interesse nisso? — perguntou Leo, com mais calma, examinando bem a moça.

— Sou jornalista.

— Você disse que vai me levar a pessoas que podem me ajudar. Que pessoas?

Vivian não respondeu logo, ocupada em pôr um cigarro à boca e puxar o acendedor do carro.

— Amigos meus.

— Mas por que querem me ajudar?

— Estão na pista duma grande quadrilha de contrabandistas. Pode ser que a história deles tenha alguma ligação com a sua. O chefe dessa quadrilha, acreditam que seja um homem muito importante.

— O Barão?

— Pode ser que sim.

Leo lembrou-se de Gino que sempre fazia mais uma pergunta mesmo quando o tema já parecia esgotado.

— Por que eles querem acabar com essa quadrilha?

— Por quê?

— Eu não estaria preocupado com contrabandistas se eles não estivessem nos meus calcanhares.

A moça sorriu como para ganhar tempo.

— Bem, um deles perdeu o emprego no jornal só porque se meteu nesse assunto.

— E os outros?

— Os outros são apenas conhecidos que querem colaborar.

Vendo que o carro voava num *free-way,* Leo perguntou:

— Para onde estamos indo?

— Para a represa — disse Vivian. — O encontro vai ser lá.

Leo fez outras perguntas que ela respondia com meias palavras como se dando a entender que era um mero elo de ligação naquilo tudo e que talvez tivesse pressa de voltar ao jornal. Diante dessa apatia, preencheu o tempo olhando dum lado e outro da avenida, um pouco tenso por causa da velocidade quase perigosa que a moça imprimia ao veículo. Até um sinal vermelho ela ultrapassou com risco de atropelar um transeunte idoso. Essa pressa indicava que seus amigos estavam ansiosos por trocar informações com que talvez se decepcionassem. Afinal tudo que tinha a dizer já dissera para ela.

Ao chegar à represa, Leo pôde admirar a bela manhã de sol e lembrou-se dos piqueniques que já fizera lá, onde aprendera a nadar quando ainda no curso primário. Mas os momentos de contemplação foram curtos porque Vivian logo estacionou o carro.

— Vamos sair.

Leo desceu mas naquele trecho deserto da represa não viu ninguém.

— Seus amigos ainda não vieram.

— Nós vamos ao encontro deles.

Mal Vivian deu essa explicação, um pequeno e velho iate aproximou-se da margem da represa. Um homem, a bordo, sem camisa, com uma Coca-Cola na mão esquerda, fez um largo aceno para a moça.

— É o iate — disse ela.

— Vamos de iate?

— Sim.

— A conversa vai ser aí dentro?

— Não, o encontro é do outro lado da represa.

Leo foi acompanhando Vivian na direção do iate, percebendo que alguma coisa brilhava ao sol à cintura do homem sem camisa: um revólver.

PÂNICO NA REPRESA

Além dele e de Vivian, só estavam no iate o piloto, que Leo não via, e o homem do revólver, que só fez um movimento de cabeça em sua direção quando ele pisou a bordo.

— Ele não sabe quem eu sou? — perguntou Leo ao se sentarem num banco, sob o vento forte e quente que soprava.

— Estão apenas emprestando o iate.

— Eles nada têm a ver com a história?

— Nada.

Já com o iate em movimento Leo lançou um olhar panorâmico para a represa, que só tinha grande trânsito de barcos de todas as espécies nos fins de semana. Nenhum iate como aquele navegava. Viu apenas alguns windsurfistas solitários e uma frágil catraia costeando a margem oposta, enquanto ouvia o ruído desigual e acidentado do motor.

— Por que o iate — perguntou Leo — se podíamos fazer a volta de carro pela represa?

— Meus amigos acharam perigoso estacionar o carro à porta da casa deles. Devemos nos preocupar com a segurança de todos.

— Eles estão sendo perseguidos pela quadrilha?

— Creio que estão, já que tomam tantos cuidados.

Ainda no iate Vivian persistia no desejo de falar pouco. À impiedosa luz solar sua maquilagem se liquefazia e ficava parecendo mais velha, e talvez por isso a impacientasse a lerdeza do iate com seu motor gago.

O homem de busto nu, já sem o revólver à cintura, apareceu com duas Coca-Colas abertas.

— Quer uma, Malena?

Chamada por outro nome, Vivian olhou com ar de censura para o homem, que ao entregar os refrigerantes afastou-se depressa.

Leo começou a beber pelo gargalo, tendo estranhado mais a reação de Vivian do que o nome pelo qual fora chamada. Ela esvaziou a garrafa com muita sede e jogou-a num canto do barco. Parecia evitar troca de olhares com Leo. Depois, no mesmo lance nervoso, tirou um cigarro de sua pequena bolsa e um isqueiro. Não era um desses isqueiros comuns, a gás, que hoje se vendem aos milhões, mas uma bela peça de ouro e prata, provavelmente estrangeiro, muito bonito e valioso. Leo não conseguiu beber mais. Quase nem podia respirar. O isqueiro de Vivian era exatamente igual ao que fora encontrado em seu bolso e que devia pertencer a Hans. Fixando sua atenção no isqueiro, Leo percebeu que sua tênue chama tremia, não por causa do vento. A mão que o acionara, descontrolada, tinha sido atingida por uma corrente elétrica.

— Gostou do meu isqueiro? — Vivian (ou Malena) perguntou lembrando, insegura, de algum detalhe esquecido de sua representação.

— Quem lhe deu? — perguntou Leo. — O Barão? É com isqueiros que ele gratifica seus amigos.

— Do que está falando?

— Você é da quadrilha do Barão?

A moça levantou-se, toda trêmula. Devia ser novata na profissão.

— Não conheço nenhum Barão.

— O que vão fazer comigo? — perguntou Leo não em voz alta para não atrair o homem sem camisa, que estava embaixo com o piloto ou deitado numa das cabines. — Vão me matar?

A moça, agora muito mais Malena que Vivian, com toda sua maquilagem levada numa torrente de suor, sem nada dizer foi se dirigindo à parte inferior do iate.

Leo, muito rápido, a deteve, segurando-a pelos braços.

— Me largue! — ela protestou.

— Vocês vão me matar? — ele tornou a perguntar, com muito medo mas sem erguer a voz.

— Ninguém está pensando nisso.

— O que vão fazer comigo?

— Você vai ficar detido numa casa aqui da represa até que a gente receba um carregamento.

— Vocês são contrabandistas?

— Somos, mas não assassinos.

— Mataram Ramon.

— Ele quis fazer chantagem. Mas com você não acontecerá nada. Ficará apenas alguns dias numa casa. Depois que o carregamento chegar, será solto. Não tenha medo.

Leo não se sentiu nem um pouco confortado com as explicações de Malena. Talvez não o matassem imediatamente, mas o matariam um dia, pois não acreditava que após a chegada do tal carregamento o Barão abandonasse seu rendoso negócio. Raciocinando assim, o rapaz continuava a deter a falsa jornalista pelo braço, ganhando tempo para tomar uma decisão.

— Está me machucando.

— E se eu lhe disser que um amigo meu, que estava escondido perto do jornal, tomou nota da placa de seu carro?

— Isso não faz diferença. Foi roubado. A esta altura está sendo abandonado em algum lugar.

Pelo tom de voz e facilidade da resposta deveria ser verdade.

— Este barco é do bando? — perguntou Leo.

— Nem o barco nem a casa para onde estamos indo. Não cometemos erros, menino. Por isso é bom ficar bem quietinho. Você vai apenas descansar uns dias.

Malena forçou o braço para libertar-se mas Leo ainda a segurava com força. Olhou para a cabine do piloto, fechada, onde o homem sem camisa poderia aparecer a qualquer momento e talvez já com o revólver.

Tomando afinal uma resolução, Leo tapou a boca da moça com a mão espalmada.

— Você sabe nadar? — perguntou.

Apesar da mordaça a moça emitia sons, que, embora abafados, significavam que não sabia. Começou então a travar uma luta corpo a corpo com Leo, sob o sol cada vez mais quente daquela magnífica manhã.

Leo sentiu que o lance era seu: juntando todas as forças e ainda amordaçando Malena com a mão, jogou-a nas águas da represa enquanto saltava pelo outro lado do iate. E nadou na direção da margem, ouvindo os gritos da contrabandista com todo o desespero de quem não sabia realmente dar uma braçada.

O homem sem camisa saiu da cabine e só pôde ver já a alguma distância os braços de sua colega de crime movendo-se como as asas de um moinho, enquanto clamava por socorro. Imediatamente, como Leo previra, ele teve que dar ordens urgentes ao piloto para que fizesse a curva, ignorando até então o destino do rapaz.

Sem tornar a olhar para o iate, Leo continuou a nadar para a margem oposta da represa da qual não estava muito distante. Era um esforço disciplinado, feito para render, durante o qual conservava quase sempre a cabeça sob as águas. Sua experiência lembrava-o de que o sol com seus reflexos, principalmente numa superfície lisa, geralmente cria alvos enganosos e pode confundir muito um atirador. Calculou que naquele momento Malena já estava sendo retirada das águas e que ia começar a sua perseguição. Arriscou olhar mais uma vez, num relance, o iate.

Seu cálculo confirmava-se. Malena já estava a bordo e o homem sem camisa corria para a cabine, com certeza para apanhar o revólver e dar novas ordens ao piloto. Eram outros segundos que Leo ainda levaria de vantagem. Felizmente um windsurfista vinha vindo, o que não permitia que atirassem do iate. Leo nadou por baixo da prancha já não muito longe da margem. Com braçadas em ritmo de competição viu a vegetação aproximar-se. Foi quando ouviu os dois primeiros disparos. Imediatamente segurou a respiração e afundou o mais que pôde tentando não perder a velocidade. Sabia que o perigo maior aconteceria quando saísse da represa pois o iate estaria mais perto.

Pior que os estampidos foi ouvir o gaguejante motor do iate. Não imaginava que ele o alcançasse tão depressa. Se, na precipitação, saltasse para terra firme, em terreno desconhecido, talvez fosse alcançado ou alvejado. Tomando uma decisão súbita e ousada, passou a nadar por baixo da água em sentido contrário, certo de que não seria visto.

Em poucas braçadas bateu com as mãos no casco do barco e contornando-o pôde encher novamente os pulmões de ar. Tornou a afundar, refugiando-se debaixo do iate, tentando manter a calma para não perder o controle da respiração. Quando voltou à superfície, para uma respirada, ouviu vozes.

— Onde ele foi? — a voz de Malena.

— Você viu ele sair da água? — voz de homem.

— Estou ainda tonta, não vi nada.

— Será que o acertei?

— Não sei.

— Vamos dar uma olhada na margem.

— E eu? — era outra voz de homem, decerto a do piloto.

— Você vai costeando lentamente a margem.

Leo não viu mas ouviu os passos de Malena e do homem sem camisa deixando o bote. Em seguida, o motor era acionado novamente e o pequeno iate costeava a margem. Leo acompanhou-o, nadando sem ruído, colado ao casco, do lado oposto à praia. Estava exausto mas não seria por cansaço que o apanhariam. Temia, sim, um erro de cálculo e o desconhecimento do que havia daquele lado da represa. Arriscando um pouco, nadou por baixo do barco, e atingiu a margem.

Molhado e trêmulo, de medo e frio, viu-se logo entre algumas árvores. Podia ser reconhecido pelo piloto do iate, e por Malena e seu companheiro que estavam à sua procura. Escondeu-se dentro dum enorme cano de cimento, porém não se demorou aí. Sabia que se andasse em linha reta encontraria uma estrada estreita que dava para a avenida. Foi o que fez, de cabeça baixa, e o mais ligeiro e silencioso que pôde.

Lá estava a estrada, mas se caminhasse por ela ficaria muito exposto. Seguiu por uma vegetação baixa, com o corpo curvado e olhando para todos os lados. Num desses lances viu que o iate ia longe. Já livrara-se dos olhos do piloto mas a ex-Vivian e o homem sem camisa ainda representavam perigo.

Sem parar um só momento, paralelo à estrada, com o corpo dobrado, em postura de orangotango, Leo respirava fundo, tão preocupado com o ar dos pulmões como quando estivera sob as águas. Precisava revitalizar-se caso surgisse a iminência duma correria. Mas não queimava mais energia do que a necessária. Uma fuga sem rumo, nervosa, impulsionada apenas pelo pavor, poderia levá-lo aos braços dos perseguidores.

Uma carroça. Leo viu uma carroça, com uma carga de capim, vindo lentamente pela estrada. Não poderia haver melhor esconderijo ambulante. Esperou o ruidoso veículo passar, correu e saltou sobre sua carroceria. Respirar sob o capim era menos aflitivo do que segurar a respiração sob a água, e além do mais podia descansar os músculos.

Minutos depois, a carroça parava e ouviu uma voz masculina já conhecida.

— O senhor viu um rapaz por aqui? Está todo molhado. É um assaltante.

— Não vi — respondeu o carroceiro.

— Obrigado.

A carroça voltou a movimentar-se mas somente alguns minutos depois é que Leo se sentiria seguro. Tirou a cabeça do capim e então respirou como a natureza manda. Pela primeira vez sentiu a umidade das roupas e do sapato. Enfiou a mão no bolso: molhadinhas, mas inteiras, retirou algumas cédulas.

Agora, nas proximidades da avenida, poderia apanhar um táxi. Mas para onde iria? Esse era o novo problema. Deitado na carroça, olhava para o repousante céu azul, repetindo a pergunta que não sabia responder:

— Para onde? Para onde?

PARA ONDE?

Foi também a pergunta que fez a Leo o motorista do táxi, que não percebeu o estado de suas roupas. Não respondeu logo, mas pensou depressa. Em sua casa não poderia ir porque tanto a polícia quanto os homens do Barão sabiam onde os Fantini moravam. O apartamento de Guima já fora visitado provavelmente pelos contrabandistas. E não queria voltar a seu último endereço pensando na segurança de Gino e de tia Zula.

— Vá para a Bela Vista — ordenou ao motorista.

Quando o táxi passou pelo Morro dos Ingleses, Leo teve uma ideia, mandou o carro parar, pagou e olhou para o edifício onde Ângela morava. Mesmo se ela e os pais estivessem viajando, pediria à empregada que lhe levasse um recado. Ela já o vira diversas vezes conversar com Ângela na porta e na esquina e talvez fizesse a gentileza.

O porteiro do prédio, sem tirar os olhos de suas roupas ainda molhadas e amassadas, e estranhando seu aspecto geral, acompanhou-o até a porta do apartamento de Ângela.

A própria Ângela atendeu à campainha.

— Leo! — ela exclamou, surpresa porque ele nunca fora a seu apartamento e ainda mais porque nunca o vira com tão má figura. — Ele pode entrar — disse ao porteiro.

Ao pisar o elegante *living* do apartamento, Leo ficou acanhado.

— Acho que seus pais não vão gostar.

— Estão viajando, voltam na segunda. Não fui com eles porque ainda tenho exames.

— Nada podia ser melhor para mim.

— Por que está assim?

— Posso sentar?

— Está molhado! Tire a blusa! Você precisa dum café bem quente. Vou pedir para a Rita fazer um.

Enquanto Ângela ia à cozinha, Leo arrancava a blusa e jogava-a sobre um pufe. Agora, sim, podia descansar. Sentou-se numa poltrona e pela primeira vez naquela manhã sentiu dores musculares. Mas estar ali, no apartamento da quase namorada, com os pais dela viajando, era a primeira compensação e intervalo depois de tantos dias e noites de tensão.

Ângela voltou:

— O café já vem vindo. Mas como você está esquisito! O que foi que aconteceu?

— Lembra que lhe disse que houve um crime no hotel?

— Lembro.

— Pois então sente-se e ouça tudo. É uma história comprida.

Depois do café, Leo teve sede e aceitou um copo de laranjada. E um pouco de geleia. Enquanto bebia e comia ia contando todos os episódios da aventura que tivera início no 222 do Emperor Park Hotel. Contou inclusive que a viu passar quando fora telefonar disfarçado e sentado na cadeira de rodas. Ângela lembrou-se de ter visto um paralítico naquela manhã, muito impressionada com a história de Leo e seus terríveis detalhes.

— E agora, o que vai fazer? — perguntou no fim.

— Queria escrever uma carta para meu pai. Aposto que já foi à casa de tia Zula e deve estar estranhando minha demora.

— Rita pode levar a carta.

— Era o que ia pedir.

Recebendo papel, esferográfica e envelope, Leo escreveu uma longa carta a seu pai contando tudo que acontecera desde o encontro com a falsa jornalista. Dizia que podia levar a carta ao doutor Arruda. Quem sabe, desta vez, o delegado acreditasse nele. Pedia-lhe também que fosse até a casa da tia para que Gino se tranquilizasse. E para finalizar, em papel separado, que o pai devia destruir, contou que estava no apartamento de Ângela de onde talvez se transferisse para o sítio prometido por Guima como refúgio.

— Agora você precisa descansar — ordenou Ângela. — Vá deitar na cama de Rita mas tire toda a roupa. Quando voltar, ela passa a ferro. E também vai dar uma engraxada nesses sapatos.

Duas horas depois Leo acordava e via sobre uma pequena mesa sua roupa passada e sob a cama os sapatos engraxados e lustrosos. Vestiu-se, calçou-se, foi lavar o rosto e dirigiu-se à cozinha atraído por um delicioso cheiro de comida.

Foram para a mesa, Rita servindo o almoço.

— Entregou a carta a meu pai? — perguntou Leo.

— Entreguei e ele leu na hora — respondeu Rita.

— Mandou algum recado?

Rita olhou para Ângela, que falou:

— Seu pai mandou dizer para tomar cuidado.

— Isso eu sei.

— Ele desconfia que sua casa está sendo vigiada — acrescentou Ângela.

Leo perguntou a Rita:

— Você viu alguém perto de minha casa?

— Não.

— Tem certeza de que ninguém a seguiu?

— Não vi ninguém me seguindo.

Leo, enquanto comia, fazia elogios à cozinheira, mas a tensão voltara. Seu pai também não era desses que veem fantasmas, pé na terra como ele. Se vira alguém rondando a casa devia ser verdade. Mas não queria antecipar temores.

Depois do almoço, Leo e Ângela voltaram para o *living* e ela ligou o aparelho de som. Ele disfarçadamente espiou pela janela. Do outro lado da rua viu um Fusca branco. Não dava para notar se havia alguém dentro. Chamou Ângela com naturalidade, apenas para fazer uma pergunta.

— Já viu aquele Fusca parado ali?

— Não, acho que não — respondeu Ângela hesitante.

— Posso perguntar para a Rita?

— Vou chamá-la.

Rita veio e espiou pela janela com uma cautela que ninguém solicitara.

— Sempre param carros aí — respondeu.

— Mas não lembra dum Fusca branco?

— Não.

Leo fingiu interessar-se pelos novos *long-plays* de Ângela e trocaram informações sobre os últimos lançamentos.

O grande momento da tarde, porém, viria bem depois, quando sem palavras ela o convidou para dançar. Aí ele fez o possível para esquecer o Fusca branco e acabou conseguindo. Chegou a divertir-se embora os músculos o lembrassem a todo instante o esforço desesperado na represa aquela manhã.

Quando Ângela foi buscar mais refrigerante, Leo correu à janela.

O Fusca branco ainda estava lá. Ângela o surpreendeu espiando, o que ele não desejava.

— O carro já foi embora?

— Não, mas não vamos nos assustar. Quantos Fuscas brancos existem em São Paulo?

— Então vamos dançar mais um pouco. Tenho uma faixa que você vai gamar.

Enquanto dançavam, Rita foi à janela e bradou a novidade:

— O carro sumiu!

Leo e Ângela correram para a janela. Verdade: o Fusca tinha partido.

— Eu já estava encucado — confessou Leo.

— Eu também — confessou Ângela. — O pessoal deste quarteirão não tem Fusca. Aqui o carro mais barato é o Passat.

Aliviados, os quase namorados puseram outra faixa no *pickup* e voltaram a dançar trocando olhares duma alegria que nascia e se expandia.

— Eu danço mal — disse Leo.

— Basta imitar os meus passos. Já ganhei um concurso de *rock*.

— Fui poucas vezes às discotecas. Estudo à noite, você sabe.

— Há muitas discotecas que funcionam aos sábados à tarde.

— Podemos ir num desses sábados?

— Vou ter que esperar seu convite?

Muito feliz, Leo largou-se numa das fofas poltronas do apartamento. Ângela sorriu para ele, ambos naquela fase em que as palavras são dispensáveis. Em seguida, foi espiar à janela.

— Leo! — ela gritou. — O Fusca! Voltou!

O rapaz foi espiar, ao lado dela, já cauteloso. Sim, o Fusca estava lá. Os dois se abraçaram, olhando para baixo, com um medo que apagou todas as emoções boas que haviam tido. Logo Rita juntou-se a eles, vendo entre as cortinas da janela o Fusca branco.

— Se é aquela gente, como foi que descobriu você aqui? — perguntou Ângela.

— Seguiram a Rita quando foi levar a carta a meu pai.

— Não vi ninguém me seguindo.

— Seguiram de carro, Rita. É a única explicação.

Os três ficaram em silêncio.

— Você não vai sair — disse Ângela. — Meus pais estão viajando.

Leo segurou as mãos de Ângela.

— Essa gente não ficaria aqui se não tivesse certeza absoluta. Desça à portaria e pergunte se alguém andou fazendo perguntas a meu respeito. Pode fazer isso?

— Claro — respondeu Ângela. — Volto num instante.

Quando Ângela saiu do apartamento, Leo telefonou para o Emperor Park Hotel. Mandou chamar Guima e contou-lhe o que estava acontecendo. Se ele escapasse, o jeito era refugiar-se em seu apartamento, embora fosse endereço já conhecido da quadrilha, de onde iriam para o sítio. Guima ia dizendo sim, sim, sim, nervosamente, prometendo-lhe que mesmo não estando em casa não fecharia a porta a chave para que Leo pudesse esconder-se lá a qualquer momento.

Logo que Leo desligou o telefone, Ângela voltou. Mais pálida ainda.

— Leo, eles falaram com o porteiro. Quiseram saber se tinha entrado um rapazinho com as roupas molhadas e fizeram uma descrição do seu físico.

— O porteiro confirmou?

— Confirmou — disse Ângela. — Leo, eles sabem que você está aqui.

— Sempre é bom saber o que eles sabem — comentou Leo, apenas como consolo.

— Será que avisarão a polícia?

— Não — garantiu Leo. — A essa altura do jogo não querem que eu tenha nenhuma ligação com a polícia. Querem simplesmente me matar.

Ângela começava a perder o controle.

— Leo, telefone ao delegado e entregue-se. Você estará mais seguro preso.

— Não — respondeu o rapaz com firmeza. — Preso não poderei provar nada.

— E se eles tentarem entrar? Poderão fazer isso dizendo-se policiais.

— Já pensei nisso — disse Leo. — Por isso não poderei ficar aqui muito tempo. Apenas esta noite.

— Você sairia com eles lá embaixo?

— É o que vou fazer, amanhã cedo.

— Eles o matarão.

— Não há outro jeito, Ângela.

— E para onde irá?

— Para o apartamento dum amigo, aqui perto.

Ângela alimentava uma esperança:

— Quem sabe durante a noite eles se cansem e vão embora.

— Isso não vai acontecer, devem ter um esquema. O importante agora é nos organizarmos também. Eu, você e Rita teremos que nos revezar na janela. Se entrarem no prédio, descerei pelas escadas.

Foi o que fizeram; estava sempre um à janela espiando o Fusca branco. Às vezes o carro movimentava-se, indo talvez até o fim da rua mas logo regressava ao mesmo lugar. Da altura do apartamento não se podia ver os ocupantes do Fusca, apenas, de quando em quando, a mão de alguém segurando um cigarro.

— Acho que à noite não tentarão nada — concluiu Leo. — Mas estaremos atentos.

— Como é que vai sair amanhã? — perguntou Ângela. — Correndo?

— Não — respondeu Leo. — Pretendo sair bem devagar.

A FUGA SENSACIONAL DO APARTAMENTO

Logo às primeiras horas da manhã Leo preparou-se para sair. Seu plano exigiu colaboração. Vestiu um belo vestido azul de Ângela, enfiou na cabeça uma peruca de Rita e calçou sapatos altos. A maquilagem, feita pelas duas moças, foi a fase mais artística e demorada da tarefa. Mas o trabalho maior foram os ensaios. Vestir-se simplesmente de mulher não era o suficiente. Precisava andar como mulher, pisar com delicadeza, dando ao corpo um balanço discreto e convincente.

Ângela e Rita obrigaram Leo circular por todo o apartamento muitas vezes para aperfeiçoar passos e maneiras.

O progresso era lento mas visível.

— Já está bom — disse Ângela.

— Não acho, parece que me falta alguma coisa. Queria estar segurando alguma coisa.

— Leve alguns livros — sugeriu Rita.

— Livros, não. Ninguém vai tão cedo à escola.

— O que poderia ser? — indagava-se Ângela, pensando nos seus objetos de uso cotidiano.

— Acho que já achei — disse Leo olhando uma parede do corredor. — Raquete de tênis! Posso levar aquela?

— Pode, sim.

— Ela vai me livrar dos sapatos altos.

Leo pegou a raquete, calçou sapatos baixos, os que Ângela usava para ir à quadra, e deu novo passeio pelo *living*.

— Agora, sim. Sou uma moça que aproveita a manhã para praticar esporte. Já me parece menos suspeito.

— Posso até suavizar a maquilagem.

— Então vamos fazer isso. Estou de partida.

Ângela, com um lenço, tirou parte da pintura da senhorita, tornando o disfarce menos exagerado. Mas a ideia da raquete era o detalhe que dava maior realidade àquela fantasia matutina.

— Já vou — disse Leo.

— Está com medo?

— Se dissesse que não seria o maior mentiroso.

Ângela olhou-o mais uma vez com senso crítico.

— Segure a raquete com mais leveza, ela não é uma enxada. E siga em sentido contrário ao carro para que eles não tenham muito tempo para observá-lo.

— Esse conselho parece de meu primo Gino.

— Vá, então.

Leo deu um beijo suave nas duas, para não desbotar os lábios, e saiu do apartamento, enquanto Ângela ia para a janela e Rita cerrava as mãos em atitude de quem faz um pedido urgente a Deus.

No elevador Leo sentiu dor de barriga e quase volta ao apartamento, mas teve que reagir e assumir sua nova identidade já no quinto andar quando entraram uma babá com duas meninas. A babá nem olhou para Leo mas as meninas não tiraram os olhos dele, sérias e com insistente desconfiança. No terceiro andar entrou um senhor muito elegante que cumprimentou a todos. O bom-dia de Leo, grosso demais mesmo para uma campeã de tênis, chamou a atenção geral, e ele começou a pigarrear explicando a masculinidade de sua voz.

Leo saiu do edifício com a babá, as duas crianças e o homem elegante do terceiro andar, mas só ele tomou direção oposta à do Fusca. Ao chegar à rua seu desejo era correr, mas atento ao plano foi andando devagar, proeza difícil, mesmo com sapatos baixos. Gostaria também de olhar para trás, na direção do Fusca, porém se o fizesse estaria perdido. À luz da manhã e olhado curiosamente pelos raros transeuntes, sentia-se ridículo com aquelas roupas. E quando caprichava os passos, na tentativa de ser mais feminino, resultava na impressão de que seu fracasso ficava mais patente. Ao virar a esquina, fora da visão dos ocupantes do carro branco, perdeu o equilíbrio e correu um quarteirão inteiro a vibrar a raquete como se pretendesse voar.

O edifício onde Guima morava era perto mas Leo chamou um táxi, agitando a raquete, já esquecido de qualquer postura feminina. Fez um trajeto tão breve que irritou o motorista. Em seguida, entrou no prédio como uma bala, subindo as escadas de três em três degraus. Uma senhora que descia, deteve-se espantada observando a incrível agilidade e disposição física da tenista.

— E ainda dizem que certos esportes fazem mal às mulheres — comentou em voz alta.

Leo tocou a campainha e simultaneamente bateu repetidas vezes na porta do apartamento.

Guima abriu a porta sem reconhecer o visitante.

— Sou eu, Leo.

— O que faz, vestido de mulher?

— Foi o jeito para escapar dos bandidos.

Leo entrou e jogou-se, exausto, numa cadeira enquanto Guima lhe servia um copo de água. O rapaz bebeu-o em dois goles, e só depois falou.

— Eles passaram a noite inteira dentro dum Fusca branco diante do prédio de Ângela, no Morro dos Ingleses.

— Tem certeza de que não foi seguido?

— Assim que virei a esquina, corri e peguei um táxi.

— Ainda bem.

— Queria saber se meu pai foi à delegacia.

— Foi — respondeu Guima. — Estive em sua casa ontem à noite.

— Ele entregou minha carta ao doutor Arruda?

— Entregou.

— O que ele disse?

— O delegado continua achando que você está sofrendo das faculdades mentais. E ainda insiste para que compareça à delegacia.

— Mas não vou me apresentar.

— Quais são então seus planos?

— No momento é me esconder daquela gente.

— Já falei com o dono do sítio. É um pouco além da periferia. Há um casal de caseiros tomando conta. Pode ficar lá alguns dias.

— Você me leva?

— Claro, avisei o Percival que hoje chegarei tarde.

— Então, vamos.

— Você vestido dessa maneira?

— Será que não tem uma roupa que me sirva?

— Leo, está louco, eu peso quase cem quilos!

— Ir até minha casa buscar roupas seria perigoso.

— E não há nenhuma loja de roupas masculinas no bairro.

— Sei duma pessoa que tem minha altura e meu peso, o primo Gino. Vá até a casa dele.

— Boa lembrança.

Guima voltou meia hora depois com um par de calças e camisetas de Gino. E também sapatos.

— Aqui está tudo. Vista-se.

— Guima, estou preocupado com Ângela.

— Por quê?

— Eu morreria de remorsos se lhe tivesse acontecido alguma coisa.

— Depois vai saber disso.

— Não, quero saber agora.

— Agora?

— Vou telefonar para ela. Há um bar na esquina.

— Com o tal Fusca branco rondando por aí? Neste prédio há um telefone, o único. Pertence ao Pituca, um palhaço. Volto já.

Leo tirou com satisfação os sapatos e as roupas de tenista substituindo-os pelos calçados, calças e camisetas do primo. Assim, vestido masculinamente, sentia-se mais livre e capaz de reação mais imediata. Mas acariciou a raquete como se quisesse guardá-la como recordação de Ângela e daqueles momentos que, um dia, relembrados, talvez o fizessem rir.

Guima deu três batidas na porta e Leo abriu-a.

— Você foi rápido.

— Pituca não permite que se demore no telefone.

— Falou com ela?

— Falei. Tive de convencê-la de que sou seu amigo.

— Alguma novidade?

— Sim, dois caras subiram ao apartamento dizendo-se da polícia. A moça permitiu que entrassem e revistassem todos os cômodos. Eles revistaram certos de que a presa já escapara. Quando lhe perguntaram para onde o rapaz fora, ela respondeu que você tinha ido entregar-se à polícia.

— Obrigado, Guima. Estou mais tranquilo agora.

— Vamos ao sítio.

Leo aceitava essa nova mudança de endereço sem nenhum prazer. No sítio estaria fora da luta e sem possibilidade de dar novos xeques no Barão, deixando ao tempo a solução de seus problemas. E o tempo nunca tem pressa.

Guima e Leo desceram. O velho Fusca de Guima estava na porta. Primeiro olharam para ver se havia gente suspeita por lá, depois entraram no carro.

— Adeus, Bela Vista! — disse Leo enquanto o amigo dava a partida.

— Já estava em tempo de você aproveitar as férias escolares.

— Se o Barão não for apanhado não sei até quando estarei de férias.

Guima tinha pouco a dizer. Foi dirigindo rapidamente, afastando-se da zona urbana. Levar Leo para lugar seguro era o máximo que podia fazer por ele naquele momento. O resto era confiar na sorte e aguardar as boas surpresas que às vezes o destino prepara.

O rapaz viajava de cabeça baixa, desanimado.

— Está aborrecido? — perguntou Guima.

— Vai ser chato cruzar os braços, esperando, e mais nada.

— Você terá o que fazer.

— Tirar leite de vaca?

— Não, vou lhe dar um quebra-cabeça.

— Que quebra-cabeça?

— No porta-luvas.

Leo abriu o porta-luvas.

— O que tem aqui?

— Não tem papéis? Dê uma olhada.

O rapaz interrompeu a ação, antecipando uma pergunta:

— Seja o que for, como obteve?

— Jandira, a camareira.

Bastou o nome para deixar Leo irritado.

— Foi ela que me dedou, dizendo ao gerente que estive com você no apartamento do Barão.

Guima perdoava-a:

— Ela foi forçada a falar. Mas de qualquer maneira ficou com remorsos quando soube que foi despedido. Um dia lhe contei tudo e consegui que me ajudasse.

— Como? — perguntou o rapaz, interessado, agitando-se todo.

— Sempre que via o Barão sair, eu subia e pedia à Jandira que abrisse a porta do 222. Às vezes ela ficava de guarda no corredor, caso ele aparecesse. Mas nunca me demorei.

— O que você estava procurando?

— Não sei. Qualquer coisa que pudesse comprometê-lo. No guarda-roupa, no criado-mudo, nas malas, quando estavam abertas, e na lixeira. Revistava tudo.

Leo enfiou a mão no porta-luvas.

— E achou algo positivo?

— Não se entusiasme. É apenas um quebra-cabeça.

O rapaz retirou os achados de Guima do porta-luvas.

— E isto, onde estava?

— Na lixeira.

— Quando?

— Há alguns dias.

Leo lançou os olhos nos papéis com uma curiosidade que logo cedeu espaço ao enigma. Não se sentiu capaz de entender coisa alguma. Seria uma tortura levar tal charada ao sítio, sem ter alguém com quem trocar hipóteses. Tomou uma resolução.

— Vamos voltar, Guima.

— Voltar, para onde?

— Leve-me à casa de tia Zula. Se isto tem algum sentido, talvez eu e o Gino, juntos, possamos esclarecer. Você sabe como ele é bom para essas coisas. Cabeça de enxadrista.

— Mas seria perigoso, Leo! Quer voltar para a boca do leão?

— Boca do leão seria o seu apartamento, o de Ângela ou minha casa. Lá, com tia Zula e Gino, eles nunca me incomodaram.

— Leo, prometi a seus pais que o levaria para o sítio.

— Não quero ir mais para o sítio. Mudei de ideia. Preciso solucionar esse quebra-cabeça com Gino. Faça a volta, Guima!

— Você está doido, garoto!

— Acho que estou mesmo. Toque pra São Paulo.

O QUEBRA-CABEÇA

Gino já sabia de tudo mas queria ouvir a história da própria boca do primo, com uma ansiedade prazerosa como se tratasse de pura ficção. E estava agradecido a Leo por ter voltado porque assim ficava outra vez no meio dos acontecimentos. Não se preocupava com o perigo, e foi logo dizendo que, se os quadrilheiros aparecessem, Leo poderia escapar pelo muro do quintal, saltando para a casa dos fundos. Para isso havia uma escada bem a jeito.

— Não estou com medo — disse Leo. — Embora estaria muito mais seguro no sítio.

— Então por que veio?

— Para lhe trazer um quebra-cabeça.

— O que quer dizer isso?

Leo tirou do bolso os papéis que Guima guardara no porta--luvas.

— Isto esteve na lixeira do apartamento do Barão. Guima pegou ajudado pela camareira.

Gino examinou, atento, o que chamou de "material de pesquisa", com alguma dificuldade inicial porque todo ele estava rasgado e amassado. Mas o que era aquilo?

Um pequeno recorte de jornal no qual um círculo feito com lápis vermelho assinalava partidas de aviões para Nova Iorque e Los Angeles.

Pedaços de três contas, altíssimas, feitas num hotel da cidade de Corumbá, uma em nome de (rasgado) ...ena Fuentes e duas outras em nome de (rasgado) ...onel Barrios.

E num papel inteiro, desenhado com esferográfica, uma espécie de mapa, tendo uma cruz numa das extremidades.

Era tudo.

— À primeira vista o que há de mais interessante aqui são os nomes — disse Gino. — ...ena Fuentes e ...onel Barrios. O de homem deve ser Leonel. Mas o da mulher é mais difícil completar. Talvez Madalena.

Leo deu um salto.

— Já sei. É Malena. Foi como um dos homens que estavam no iate chamou a falsa jornalista. Malena Fuentes e Leonel Barrios. Devem ser de algum país da América do Sul.

— O hotel é de Corumbá, Mato Grosso, o que é também revelador.

— Por quê?

— Leo, eu sou um cara que lê muito jornais e revistas. E sei que todo o tóxico que vem da Bolívia passa por Corumbá donde é transportado para São Paulo e Rio de Janeiro. A última etapa é América da Norte.

— Por isso o Barão anota partidas de aviões.

— Certamente a muamba é levada em determinados aviões.

— Uma quadrilha internacional!

— Sem dúvida.

Leo pegou o papel em que havia o mapa, de todos o mais misterioso.

— Seria o mapa da mina?

— Pode ser.

— Mas como mapa é pobre de detalhes, só aquela cruz!

— Um mapa sem estradas, sem esquinas, sem indicações.

— Então não é um mapa — concluiu Leo, apressado.

— Ainda continuo achando que é, primo.

— Sem nenhum acidente ou flecha? Para mim não é mapa.

Gino, o enxadrista, e também decifrador de quebra-cabeças, disse como quem já resolveu o problema:

— Sabe por que esse mapa não tem indicações? Por que ele é todo uma superfície lisa?

— Não sei.

— Porque isto deve ser água. No Rio seria a Lagoa Rodrigo de Freitas. Aqui deve ser a Represa Billings.

— Para onde me levaram.

— E essa cruz é a localização da casa.

— Isso, Gino! Da casa onde eu ficaria preso.

— Não sei, primo, se pretendiam apenas prender. Como também não acredito que tivessem alugado uma casa com esse único objetivo. Para mim é onde guardam o tóxico que vem da Bolívia até despachá-lo para o exterior.

Leo levantou-se, deu um passeio pela sala, com um entusiasmo que procurava conter.

— Primo, tudo isso me parece muito claro. Mas depois de minha fuga devem ter abandonado essa casa.

— Por quê? Você não chegou a conhecê-la. E, depois, quem acredita nas coisas que diz?

Leo tornou a sentar-se.

— Acha que a casa ainda está sendo usada?

— Duvido que exista melhor esconderijo em São Paulo.

— Bem! Digamos que já temos o mapa da mina. Tudo certo. Mas o que vamos fazer com ele? A polícia não vai me dar crédito só porque foram encontrados esses papéis no lixo do 222.

Gino bateu com a mão espalmada no ombro de Leo para acalmá-lo.

— A tarefa era só o quebra-cabeça. Agora vamos pensar o que vamos fazer.

— Tem alguma ideia?

— Nenhuma, primo.

— Não sugere nada?

— Sugiro: vamos jogar uma partida de xadrez.

À noite, bem tarde, Guima apareceu na casa de tia Zula, que já fora deitar. Tinha novidade.

— Sabem quem me telefonou?

— Diga logo — ordenou Leo.

— Doutor Arruda.

— O que ele queria?

— Disse que pela primeira vez o meu amiguinho falou uma verdade. A respeito do Corcel marrom. De fato roubaram um que no dia seguinte apareceu nas imediações da represa.

Leo, porém, não deu nenhum pulo de satisfação.

— Certamente está pensando que roubei o carro. Eu que não sei dirigir.

Guima sacudiu a cabeça.

— Ele não está pensando isso.

— Como sabe?

— O ladrão foi visto.

— Foi?

— Sim, por um vizinho do dono do carro. Era um homem alto e muito bem-vestido. Nada parecido com você, Leo.

Leo e Gino trocaram olhares e sorrisos.

— Acho que quebrei o gelo do delegado.

— Mas ele continua exigindo que você se apresente — disse Guima.

— Não ainda — disse Leo. — Você vai levar dois nomes para ele. Provavelmente das pessoas que quiseram me sequestrar. Se elas tiveram algum envolvimento com a polícia, se estão sendo procuradas, então me apresento e com novas dicas.

— Pode deixar — respondeu Guima com a alegria de quando recebia uma boa gorjeta. — Dê-me os nomes. Amanhã telefono para ele.

Foi a vez de Gino rir:

— Eu e o primo estaremos aqui fazendo figas.

Leo tinha mais uma pergunta a fazer:

— Como vai o Barão?

— Muito preocupado com as crianças desamparadas — respondeu Guima comovidamente.

UMA REUNIÃO MUITO IMPORTANTE

Gino saiu cedo de casa, em sua cadeira de rodas, e voltou algum tempo depois com xerox do "material de pesquisa". Queria também dar uma olhada pelo quarteirão para ver se pessoas suspeitas andavam rondando. Tudo tranquilo na rua.

Leo e Gino sabiam que aquelas horas seriam lerdas e longas. E para complicar seu estado de espírito Leo estava com muita saudade de dona Iolanda, do pai, de Diogo e do nono. Mas uma saudade especial e com um gosto diferente sentia de Ângela. Nunca mais a vira desde o dia da represa. Ela seria a mesma quando tornasse a vê-la? Essa era a pergunta que a saudade lhe trazia.

Leo e Gino leram os jornais várias vezes, assistiram a programas vespertinos de televisão, mas não conseguiram jogar xadrez. Sabiam que só a sorte podia pôr um fim àquela expectativa. Hans tinha ficha policial limpa. Aconteceria o mesmo com Malena e Leonel? Gino achava difícil que profissionais da delinquência pudessem ser tão insuspeitos como o benemérito Barão. O dia consumiu-se em suposições e esperanças que só serviam para ajudar o tempo passar.

À noite, Guima, como prometera, fossem quais fossem as novidades, apareceu.

Leo, nervoso, ordenou:

— Conte logo. Guima.

— Vamos por partes.

— Por partes mas bem depressa.

— Hoje logo cedo liguei para o doutor Arruda e lhe passei os dois nomes dizendo que eram seus prováveis sequestradores. Não pensem que passei um dia muito calmo. Para mim também a espera foi dura. Só no fim da tarde ele telefonou para a portaria do hotel.

— O que disse?

— Exige sua presença amanhã na delegacia.

— Não irei — bradou Leo.

— Espera, você não ouviu tudo. Aqueles dois estão no álbum.

— Malena e Leonel?

— Sim — confirmou Guimo. — Já estiveram envolvidos em tráfico de tóxico. Leonel, inclusive, cumpriu pena.

— Mesmo assim não tenho coragem de ir à polícia — confessou Leo, olhando Gino à espera de um conselho.

— Não sei o que dizer — confessou Gino.

— Mas ele não quer prender você — garantiu Guima.

— Então o que quer?

— Eu disse que você tem outras informações. E o Arruda quer ter conhecimento delas. Mostre-lhe o recorte dos jornais e o mapa da represa. Depois do roubo do Corcel e dos dois nomes que você forneceu, começa a achar que não é tão doido como pensava.

— Continuo com medo, Guima.

— Vou com você à delegacia.

— Não se comprometa, Guima. Pode perder o emprego no Park.

— Um momento — disse Gino ansioso. — Há escadas na delegacia?

— Escadas? Não. Há uma rampa, depois os elevadores.

— Rampa — exclamou Gino. — Que coisa maravilhosa! Então vou com você, Leo.

— Gino, está falando sério?

— Claro! E se quiserem prender você terão que prender a mim também. Afinal somos sócios, não?

— Acho uma boa ir acompanhado — disse Guima — embora acredite que o Arruda não tenha intenção de prendê-lo. Mas, por favor, me mantenham informado. Quero saber o que acontece.

E naquele momento começou para Leo e Gino um novo e ansioso tempo de espera.

DENTRO DA CASA DA REPRESA

Na décima primeira casa da represa que Leo tocou a campainha fez a mesma pergunta de sempre:

— Malena está?

Em todas, as respostas não variaram: aqui não mora nenhuma Malena. Mas nessa, o homem que abriu a porta, depois duma hesitação com os mesmos sintomas duma cólica de fígado, repetiu o nome.

— Malena?

— Sim, Malena Fuentes. Preciso falar muito com ela. É importante.

— Espere um pouco.

— Prefiro esperar aí dentro — disse Leo com uma decisão que não admitia controvérsia.

Leo entrou numa sala mobiliada com móveis baixos e rudes. Aliás, aquele parecia o endereço duma casa de campo. Esse homem talvez seja o piloto do iate, pensou o rapaz, vendo-o afastar-se precipitadamente.

A demora foi maior do que Leo podia prever. Mas os passos que ouviu não eram de Malena. O homem que abrira a porta, voltava. Trazia na bandeja uma pergunta:

— O que deseja com Malena?

— O assunto é particular.

— Qual é seu nome? — foi a segunda pergunta, já um tanto áspera.

— Isso também é particular — respondeu Leo. — Mas não há nada, não. Volto outro dia. É uma pena.

O homem não permitiu que saísse:

— Um momento.

Tornando a ficar só, Leo lamentou que sua inquieta ansiedade tivesse de ser dividida em etapas. Foi espiar pela janela. Na rua apenas um jovem paraplégico passeava em sua cadeira de rodas. Ouviu depois o tilintar duma extensão telefônica. Se estivesse mais calmo, riria, porque naquela manhã, no hotel, nem o Barão nem Hans receberiam chamados telefônicos, outra esplêndida ideia de Gino que o doutor Arruda aceitara sem discussão. Malena e seu grupo teriam que agir pela própria cabeça, sem o auxílio da privilegiada cuca do benemérito Oto Barcelos.

Afinal, elegante como na primeira vez em que Leo a vira, Malena apareceu.

— O que deseja, moço?

— Olá! Lembra de mim?

— Não, não lembro.

— Talvez seu amigo Leonel Barrios lembre. Ele não está em casa?

— Conhece Leonel?

— Será que esqueceu? Nós três já nos divertimos bastante num iate na represa. Mas ele era alugado, não? Parece que vocês não contam muito com condução própria.

Uma outra voz se fez ouvir:

— Como você veio parar aqui?

Leo viu Leonel que entrara por outra porta do *living*.

— Ah, está aqui, senhor Barrios!

— Eu fiz uma pergunta.

— E vou respondê-la: naquela linda manhã segui vocês dois.

— Não é verdade, ninguém nos seguiu — garantiu Barrios dando sua palavra de delinquente tarimbado.

— Bem... acho que tem razão. Foi Hans que me deu o endereço.

Leonel olhou para Malena, irritado.

— Hans? — E fez a pergunta dirigida a ela: — Por que faria isso? Mas quem respondeu foi Leo.

— Porque ele acha que eu posso trabalhar com vocês.

— Ele não nos disse nada — disse Barrios.

— Telefonem para ele — pediu o rapaz. — Eu espero. Não tenho pressa. Lavanderia. Ramal 12. Ele atende logo porque é o chefe.

— Já telefonei — disse Malena. — Ele não está.

Leo tinha outra sugestão:

— Então telefonem para o Barão.

Não responderam mas com certeza já haviam telefonado.

— Nós sabemos o que devemos fazer — disse Barrios.

— Ótimo! Não estou querendo influir — rebateu o rapaz, aproximando-se da saída. — O melhor é passar aqui à tarde.

— Você não vai sair — garantiu Barrios também chegando-se a passos rápidos.

O homem que abrira a porta reapareceu, bloqueando com seu corpo uma possível fuga. O trio era afinado.

Leo sentiu as garras de Barrios em seu braço.

— Essa é uma visita cordial — disse. — Queria apenas entrar na panela.

Malena, que devia ter melhor cabeça que seus companheiros do sexo masculino, preocupava-se em entender a presença do rapaz ali na represa.

— Ele veio fazer chantagem!

O que abrira a porta, comentou:

— Um novo Ramon Vargas!

Mas Barrios foi mais prático.

— Alguém sabe que você veio aqui?

— Meu primo.

— Só o seu primo? — perguntou Barrios.

— Se pretendia ganhar dinheiro não podia espalhar.

Barrios voltou a apertar-lhe o braço.

— Você vai ser torturado até dizer onde podemos encontrar o seu primo.

— Não é preciso nada disso, senhor.

Barrios — ?

Malena — ?

O piloto do iate — ?

— Ele veio comigo.

— Veio com você? Onde está?

— Aí na rua, logo virando, diante do orelhão. Se eu demorar, chama a polícia. Quem sabe até já chamou.

Não acreditando, Barrios perguntou:

— Como é o seu primo?

— É um rapaz pouco mais velho que eu. Está numa cadeira de rodas.

— Numa cadeira de rodas? — espantou-se Malena.

— Não que ele goste tanto de andar em cadeira de rodas, é paralítico.

— Isso é uma brincadeira, não? — indagou Barrios, com ferocidade.

— Se não acreditam, prendam-me. Em quinze minutos a polícia estará aqui.

Os três não sabiam o que decidir.

— Fique com ele — decidiu Barrios, dirigindo-se a Malena. — Eu e Maurice vamos até a esquina.

Malena abriu uma gaveta e retirou um revólver.

— Não façam mal ao meu primo — pediu Leo com planejada ingenuidade.

Barrios e Maurice sem mais uma palavra saíram da casa, enquanto o rapaz sentava-se num pufe com uma calma que Malena não podia entender.

— Você mentiu, não? — perguntou.

— Disse a verdade. Vim com um primo. Paralítico.

— Você não se arriscaria.

— Posso ter cometido um erro. Vamos ver.

O tempo passava e Barrios e Maurice não voltavam. A moça ficava mais inquieta a cada segundo que passava. Leo, sentado no pufe, relaxado, fez uma suposição jocosa.

— Aposto que os três foram tomar cerveja. Gino, o meu primo, adora cerveja.

— Ele ficou no orelhão?

— A duzentos metros aqui da casa.

— Então já deviam ter voltado.

— Também acho que estão demorando.

— Seu primo estava armado?

— Não, mas é faixa preta.

— Não disse que é paralítico?

— Mas fez um curso especial.

Mais alguns minutos e Malena já não se continha.

— Diga o que aconteceu!

— Como posso saber se estou sentado aqui? Mas, se quiser, vou ver.

— Você não vai sair daqui, menino.

— Nem pretendo.

Ouviram batidas na porta e Malena correu para abri-la. O delegado Arruda, o detetive Lima e um policial fardado entraram empunhando revólveres.

— Não adianta apontar essa arma, Malena — disse o delegado.

— A casa está cercada e os dois gorilas foram presos sem um disparo, perto do orelhão.

— Mentiroso! — bradou a traficante a Leo.

— Não menti, meu primo existe mesmo. E veio numa cadeira de rodas, mas dentro dum carro da polícia. O senhor delegado está aí de prova para afirmar que sou um rapaz que não mente.

O delegado deu um sorriso amarelo, mas não dispunha de outro, doutra cor, no momento.

— Agora vamos descobrir que tipo de obras de arte eles escondem nesta casa — disse o Lima.

Estava tudo lá, guardadinho. Mas o assunto ainda não era para jornais porque um pombo-correio e um gavião ainda gozavam de liberdade.

MAIS ROUPA SUJA PARA LAVAR

A telefonista recebera ordem do doutor Arruda para não chamar nem Hans nem o Barão ao telefone aquela manhã. No que dizia respeito a Hans era injusto porque, como chefe do seu departamento, jamais abandonava seu posto nas horas de serviço. Para um ex-lutador era até bom funcionário do Emperor Park Hotel. Seria exemplar se paralelamente não exercesse outro ofício.

Hans movimentava-se pela lavanderia, imprimindo ritmo ao trabalho, sempre a enxugar a testa com um lenço, quando um *bellboy* passou por ele e cumprimentou-o.

— Olá, Hans!

O Alemão olhou fixamente para o mensageiro, como se por descuido tivesse enfiado o dedo numa tomada elétrica, e ato contínuo o perseguiu, esquecendo suas funções.

— O que está fazendo aqui?

— Aqui onde? — perguntou o jovem com a farda do hotel.

— Aqui, no Park.

— Fui readmitido — respondeu Leonardo Fantini.

— Mas a polícia não estava à sua procura?

— Estava. Por roubo dum isqueiro e outros objetos.

— E não está mais?

— Não, porque prestei um grande serviço à polícia, Hans. Foi hoje cedo. E o próprio doutor Arruda pediu ao Percival que me readmitisse. Talvez seja até promovido. Chefe dos *bellboys*.

— Que serviço prestou à polícia?

— Dei a pista de alguns traficantes. Eram três, Malena, Barrios e Maurice. Moravam numa casa na represa. Uma enorme quadrilha.

Neste momento já estão dando os nomes dos outros. Mas o que está acontecendo, Hans? Empalideceu? Certamente é o calor. Vamos tomar um refrigerante?

— Não.

— A gente vai e volta em quinze minutos.

— Não estou com vontade.

— Sabe, queria lhe pedir desculpas pela acusação... Vamos ao bar para formalizar meu arrependimento.

— Tenho mais o que fazer — disse Hans afastando-se na direção dos armários onde os funcionários da lavanderia guardavam suas roupas.

Pelo jeito Hans queria vestir-se para ir embora. Realmente devia estar se sentindo mal. Mas suas roupas e até objetos de uso pessoal, como um revólver, haviam desaparecido.

— Sou o novo detetive do hotel. Desapareceu alguma coisa do seu armário? — perguntou Lima.

— Não — respondeu Hans, disposto a sumir do hotel em seu macacão de trabalho.

— Então, o que estava procurando?

— Pus minha roupa noutro armário.

— Acho que não, Hans — disse Lima. — Sua roupa e seu revólver estavam aqui há alguns minutos. Mas em seu lugar eu não fugiria. O elevador está parado no térreo. Há quatro policiais na escadaria. E a saída de serviço, por onde você levou o corpo de Ramon Vargas, está cercada. A bem da verdade a rua toda está cercada. E nem pense em apelar ao Barão. O bom homem está trabalhando em benefício do próximo. Não podemos perturbá-lo com assunto tão sujo.

Hans não era tão mal-humorado como sempre parecera a Leo. Ao admitir-se derrotado, riu. E nem era tão estúpido porque quando abriu a boca foi para dizer:

— Vou contar tudo que sei.

— Vai abrir o bico também contra o Barão? — perguntou o delegado.

— Sim — disse Hans — embora tenha devolvido o meu isqueiro.

UM AGRADÁVEL
CHÁ DAS CINCO

O Barão e umas duas dezenas de senhoras da sociedade, interessadas em obras filantrópicas, além de inúmeros jornalistas e fotógrafos, reuniam-se num elegante salão de chá para comentar resultados da campanha que faziam em prol das crianças necessitadas.

Sobre um praticável, espécie de palco, onde havia uma mesa com cadeiras, o senhor Oto Barcelos, muito bem-vestido e cheiroso como sempre, a distribuir sorrisos em todas as direções, era sem dúvida a figura principal daquele evento, como comprovava o interesse do pessoal da imprensa.

— Considero esta campanha vitoriosa — ele dizia eufórico. — Mas não vamos parar por aqui. Estou pensando em fazer qualquer coisa bastante significativa pela velhice desamparada.

A frase coincidiu com *flashes* dos fotógrafos e algumas palmas espoucaram pelo salão.

— Que coração tem esse homem! — exclamou uma de suas comandadas.

— E é o rei da simpatia! — acrescentou outra.

— Concordam com minha ideia? — perguntou o Barão a todo auditório.

— Penso que se podia fazer uma campanha mais urgente — obstou uma voz.

O Barão olhou para um canto do salão e lá viu um rapaz numa cadeira de rodas.

— Já sei — disse o Barão — você certamente se refere a algum trabalho em benefício dos paraplégicos. Podemos estudar essa hipótese.

— Não quero advogar em causa própria — rebateu o rapaz. — A sugestão não é essa.

A essa altura Gino não era apenas um intruso no salão de chá mas alguém que despertava atenções. E ele, seguro de seu lance, não se apressou em mover as pedras.

— A outra campanha deveria ser preferencial, pois de utilidade a todos os jovens em geral, pobres e ricos. Talvez seja o senhor a pessoa indicada para iniciá-la.

— Que campanha?

— Contra o tráfico de tóxicos.

— Esse é um assunto de âmbito policial — disse o Barão. — Acho que não podemos fazer grande coisa sem o apoio de todos os veículos de comunicação.

— O Barão tem razão — opinou uma das senhora em voz bem alta. — É um problema para a polícia. Está fora de nosso alcance.

Uma senhora, também elegante e também de acordo com o Barão, aduziu:

— A polícia que se movimente. E o que ela tem feito nesse setor?

Gino, com as mãos nas rodas da cadeira, aproximou-se do pequeno palco.

— Ela tem feito muito ultimamente. Nesta manhã prendeu uma quadrilha de traficantes, lá na represa de Santo Amaro — noticiou Gino com os olhos fixos no Barão.

O senhor Oto Barcelos levou um susto mas preferiu acreditar que apenas a coincidência levara aquele paraplégico ao salão de chá. Mas precisava telefonar. Desceu do praticável e dirigiu-se à portaria onde havia um telefone. Nervosamente, pôs um cigarro na boca. Discava com a mão direita enquanto com a esquerda tateava no bolso fósforos ou isqueiro.

Mas alguém lhe fez uma gentileza, acendendo-lhe o cigarro com um valioso isqueiro, igual aos que dera como presente a Hans e Malena.

— Vai telefonar para Hans, seu Barão?

Era Leo, a seu lado, com a chama gentil, tentando acender-lhe o cigarro.

— O que faz aqui, moleque?

— Se pretende falar com Hans é perda de tempo. Ele também está preso. Esse isqueiro pertence a ele. A polícia me emprestou por alguns instantes.

O Barão desligou o telefone e parecia querer sair do salão, mas, rodeado pelas senhoras e jornalistas, foi novamente levado ao palco para falar sobre os resultados da campanha e responder a eventuais perguntas. Certamente não estava tão desinibido e sorridente como há minutos atrás. E sua aparência piorou ainda um pouco mais ao notar entre seus admiradores o doutor Arruda, o detetive Lima e alguns policiais.

— Bem, eu fiz o possível para que essa campanha filantrópica fosse um sucesso — disse ele. — Acho que no mundo realmente o que falta é um pouco de bondade. Se trabalhei bem espero que sigam o meu exemplo, pois, como homem de negócios que sou, talvez tenha que me retirar da cidade por algum tempo. E se algum dia ouvirem falar de mim qualquer coisa menos digna, não acreditem porque o mundo infelizmente está cheio de caluniadores.

Em seguida, o Barão desceu do palco e foi cumprimentar o doutor Arruda.

— Veio a serviço? — perguntou.

— Sim — respondeu o delegado.

— Mas espero que isso não o impeça de tomar um chá em minha companhia e dessas generosas senhoras. Como gosta? Com ou sem torradas?

O doutor Arruda aceitou o convite e foi sentar-se a uma mesa adornada com um jarro de flores com mais duas senhoras muito conhecidas e amáveis. O chá permitiu ao Barão recobrar aparentemente a tranquilidade, e como tinha um inato senso de humor confessou às suas companheiras de ideais:

— O delegado está me convencendo a participar da campanha contra os tóxicos. Acho que vou cooperar.

UM FINAL MUITO, MUITO FELIZ

E tudo terminou numa festa bem à italiana, bem à Bexiga, na casa dos Fantini, num domingo todo dedicado, desde cedo, à comemoração do retorno de Leo ao emprego no hotel e da magnífica vitória que ele e Gino obtiveram contra "a poderosa e astuta quadrilha de traficantes de tóxicos", como os jornais a rotularam. Mas, por sugestão

do doutor Arruda, inteiramente acatada pelos jornalistas, nomes, retratos e endereços dos primos não constavam das reportagens para evitar futuras vinganças. A participação deles, porém, foi descrita em todos os detalhes, inclusive a luta que empreenderam contra o descrédito policial. Numa foto, o doutor Arruda aparecia com a mão aberta, expondo-a a uma hipotética palmatória, sem dúvida a que mais agradou ao mensageiro e ao enxadrista da cadeira de rodas.

A festa, na verdade, foi uma reunião de parentes e amigos, com muitos petiscos de várias regiões italianas, muita macarronada e mais vinho do que a prudência aconselhava. Tia Zula e dona Iolanda trabalharam desde cedo na preparação do banquete, e Diogo, orgulhoso do irmão, acompanhado do nono Pascoal, foi mais de mil vezes aos empórios e mercados para compras adicionais. O Guima, é claro, chegou bem cedo, e foi quem mais contou os lances de Leo e Gino contra os quadrilheiros. Percival, o gerente do Park, desajeitado, apareceu, mas não se demorou muito. E o detetive Lima, trazendo um abraço do doutor Arruda, chegou na hora exata do almoço. As cabeceiras da mesa foram destinadas a Leo e Gino, que a distância trocavam olhares expressivos. Estavam tão felizes que haviam perdido o apetite.

O que mais se comentou à mesa foi a reação das senhoras que trabalhavam com o Barão na campanha de benemerência. Todas haviam declarado que não acreditavam que ele tivesse qualquer relacionamento com contrabandistas, apesar de tudo que Hans declarara para incriminá-lo, safando-se da responsabilidade do assassinato de Ramon Vargas. E elas tinham seus motivos para pensarem assim porque o Barão não confessou nada, atribuindo sua prisão a um lamentável equívoco que um dia seria esclarecido.

— Um viva para Leo e Gino — exigia Rafa com o copo de vinho bem alto.

— Vivaaaaaa! — repetiam todos precipitando-se em encher os copos.

Mas em meio a tanta alegria houve um momento em que Leo ficou triste. Quando se lembrou de Ângela. No mesmo dia do salão de chá, quando algemaram o Barão, ele correu para o Morro dos Ingleses. Rita o recebeu com um grande sorriso, pois já ouvira a notícia pelo rádio. Logo depois surgia Ângela e abraçava-o. Não tiveram tempo porém de trocar palavras. Os pais da moça, carregando malas, apareceram no *living*. Soube então que todos iam viajar naquele instante. Ficariam dois meses na praia. E estavam com muita pressa.

— Quando eu voltar você me conta tudo — disse Ângela, todos já no elevador.

— Por quê? Vai sair nos jornais — disse seu pai.

— Odeio essas histórias de crimes — declarou a mãe com ar enojado.

Leo contou esse fato para o primo Gino apenas no domingo, pouco antes da macarronada.

— O que diz disso? — perguntou.

— Acho que escadas e barreiras atrapalham a vida até dos que têm boas pernas — disse Gino com um ar vagamente filosófico.

Leo não entendeu. Ele estaria referindo-se a obstáculos sociais? Isso de pobres, remediados e ricos?

— O que quer dizer, primo?

Gino já pensava noutra coisa.

— Leo, já escolhi minha profissão.

— Qual?

— Arquiteto.

— Não diga!

— Vou colocar uma rampa em cada edifício. Farei uma cruzada nacional contra as escadas. Não adianta a gente se lamentar. É preciso fazer alguma coisa — concluiu Gino, rindo e aceitando um enorme copo de sangria que Rafael lhe passava.

Leo voltou a lembrar do belo carro do pai de Ângela levando a família para as férias. Dois meses. Ele seria ainda um herói dentro de sessenta dias? Ou tudo estaria esquecido?

— Pai, me dê uma sangria — pediu ao Rafa que vagava pela sala com um jarro na mão, enchendo ou reenchendo os copos dos convidados.

O veterano lançou-lhe um olhar que localizava alguma tristeza em meio à alegria da festa.

— O que há, filho? Está tudo bem?

— E não é pra estar, pai? Vamos. A sangria.

MARCOS REY E AS VOZES DA CIDADE

Jiro Takahashi

No dia 17 de fevereiro de 2025, Marcos Rey faria 100 anos. Com mais de quarenta títulos publicados e mais de cinco milhões de livros vendidos, gostaria de lembrar um pouco sua trajetória.

Um dos pouquíssimos escritores brasileiros que puderam realizar o sonho de viver dos livros, filho de um encadernador e irmão de Mário Donato, um escritor de sucesso, Marcos Rey foi radialista, publicitário, editor, roteirista de cinema e escritor — atividades em que pôde utilizar tudo que encontrava pelas avenidas e becos da cidade.

Vivendo em uma época em que o centro de São Paulo abrigava sedes de jornais, rádios, teatros, modernas salas de cinema, famosos bares e sofisticados restaurantes frequentados por intelectuais, empresários, artistas e políticos, Marcos Rey flanava pelas ruas com seu apurado senso de observação.

Sua experiência em rádio inspiraria boa parte dos romances *Café na cama* (1960) e *Ópera de sabão* (1978). Da Rádio Excelsior, onde também era a sede da União Brasileira de Escritores (UBE), Marcos Rey corria para o Nick Bar, ou para a Livraria Teixeira, onde ia conhecendo os escritores em sessões de autógrafos e ia tomando contato com as novidades internacionais. As suas atividades profissionais, literárias e sociais aconteciam em suas andanças pelo velho centro da cidade, fazendo que Marcos Rey conhecesse melhor não só a alma das ruas, como a alma humana. E foi na noite paulistana que pôde deparar com as verdadeiras faces de muita gente que acabou inspirando personagens de suas narrativas. O Paribar foi o cenário de um de seus contos mais conhecidos, "O bar dos cento e tantos dias", publicado em *Soy loco por ti, América*, em 1978.

Frequentando a boca do lixo, em conversas com as mulheres, contava-lhes histórias de romances, até passarem a lhe pedir que escrevesse cartas em seus nomes. Essa situação, somada às experiências relatadas pelo amigo Corimbaba, foi utilizada na composição do personagem Mariano, de *Memórias de um gigolô* (1968). Esse livro foi traduzido em seis países e adaptado para minissérie na TV Globo, em 1985.

Marcos Rey utilizou o ambiente da Rua do Triunfo como cenário do romance *Esta noite ou nunca* (1988), em que um escritor desempregado tem sempre pronta uma fórmula para criar seus roteiros de filmes eróticos.

E em 1980, impressionou-se com as longas filas para autógrafos diante de autores de literatura infantojuvenil da Série Vaga-Lume, que eu editava. Marcos Rey já havia feito uma experiência com um livro infantil que transgredia os usos mais convencionais da área: *Não era uma vez...* (1956). E aproveitou a experiência de escrever roteiros, em que se apresentava inicialmente uma ideia, uma *storyline*, e desde seu primeiro romance para a Série Vaga-Lume, *O mistério do 5 estrelas* (1981), Marcos Rey sugeria sempre uma sinopse antes de escrever seus livros. Nós a apresentávamos a centenas de estudantes, que opinavam com a sem-cerimônia típica de adolescentes. Em seguida, munido desses comentários, ele dava vida ao romance, com a vida que trazia de seu conhecimento da alma das ruas e da gente de São Paulo.

Sempre com a sua cidade — com suas avenidas e becos, com seus viadutos e seus subterrâneos, seus prédios e seus cortiços — como cenário, ele foi escrevendo suas dezenas de romances.

Palma Donato, mulher do escritor, surpreendeu a todos no dia 11 de abril de 1999, quando, do alto de um helicóptero, espalhou as cinzas do escritor pela área central de São Paulo. Era ao mesmo tempo uma homenagem ao marido e à metrópole que perdia o seu escritor, pois de tudo o que viu e viveu em São Paulo é que nasceu a sua ficção. Ficção, mas com todo jeito de verdade. Dez dias antes de suas cinzas serem espargidas do helicóptero, Marcos Rey havia falecido em sua cidade, no dia 1º de abril de 1999. Até hoje, parece uma mentira.

CADERNO ICONOGRÁFICO

Em 1998, um ano antes de falecer: bem de vida, admirado e feliz.

A última máquina de escrever utilizada por Marcos Rey.

Marcos Rey em sua biblioteca.

TROFÉU
O REPÓRTER

Envelopes de algumas cartas e cartões do exterior recebidos por Marcos Rey.

O romance *Memórias de um gigolô* (1968) foi publicado também na Finlândia, nos Estados Unidos, na Alemanha, na Espanha e na Argentina.

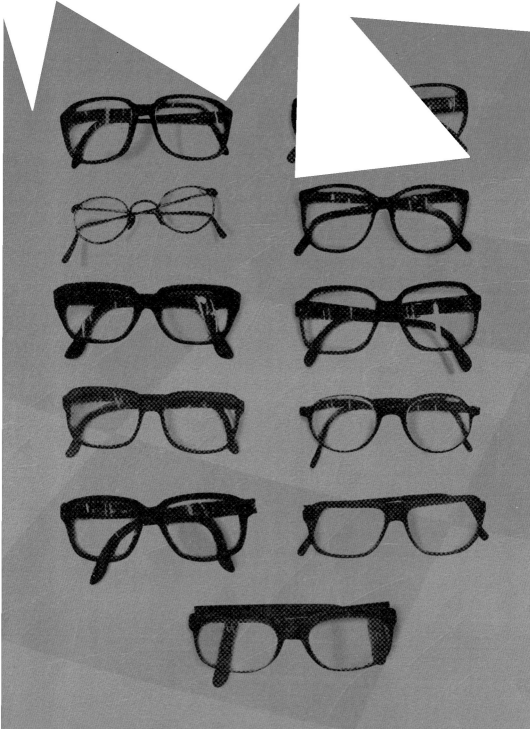

A coleção de óculos de Marcos Rey.

Marcos Rey e Palma Bevilacqua em 1959.

Marcos Rey datilografando um de seus romances em sua máquina Underwood.

Marcos Rey no alto de um edifício no centro de São Paulo.

Marcos Rey em sua biblioteca, recheada de livros policiais norte-americanos e ingleses.

Palma e Marcos Rey.

Marcos Rey recebendo o Troféu Juca Pato pelo Prêmio Intelectual do Ano de 1995, da UBE.

Marcos Rey em seu apartamento na Rua Dr. Homem de Mello, no bairro de Perdizes, em São Paulo (SP).

Em 1987, Marcos Rey passou a ocupar a cadeira 17 da Academia Paulista de Letras, onde foi velado em 1999.